KB078536

귀환병사

요람 新무협 판타지 소설

FANTASTIC ORIENTAL HEROES

귀환병사 10

요람 新무협 판타지 소설

초판 1쇄 찍은 날 § 2014년 4월 24일
초판 1쇄 펴낸 날 § 2014년 5월 1일

지은이 § 요람
펴낸이 § 서경석

편집부장 § 권태완
편집책임 § 이효남

펴낸곳 § 도서출판 청어람
등록번호 § 제387-1999-000006호
등록일자 § 1999. 5. 31
어람번호 § 제2-2491호

주소 § 경기도 부천시 원미구 부일로 483번길 40 서경B/D 3F (우) 420-822
전화 § 032-656-4452팩스 § 032-656-4453
http://www.chungeoram.com
E-mail § chungeorambook@daum.net

© 요람, 2013

ISBN 979-11-316-9010-9 04810
ISBN 978-89-251-3414-7 (세트)

※ 파본은 구입하신 서점에서 교환하여 드립니다.
※ 저자와 협의하여 인지를 붙이지 않습니다.
※ 이 책은 도서출판 청어람과 저작자의 계약에 의해 출판된 것이므로,
   무단 전재 및 유포·공유를 금합니다.

귀환병사

요람 新무협 판타지 소설

FANTASTIC ORIENTAL HEROES

10

도서출판 청어람

目次

第八十九章　재회（再會）

귀환병사

　장백산.

　굳이 말로 설명할 필요가 없는 명산 중에 명산이다.

　천지의 기운을 가득 내포하고 있는 조선의 성산.

　그렇기 때문에 그 정기를 이어받고자 하는 사람들이 줄을
이었고, 그 장엄하고 영험함에 그곳에 자리를 눌러 앉은 사람
들이 부지기수였다.

　그래서 장백산은 예로부터 수많은 도문과 검문이 자리 잡
고 있었다.

　비천대가 자리 잡은 곳은 장백산과 명의 경계를 지키는 북

두촌이었다.

마을 사람들의 얼굴에는 심양과 길림에서는 보지 못했던 밝은 기운이 돌고 있었다.

거기다가 비천대를 보고 그다지 경계를 하는 기색도 아니었다.

보통 무인을 보면 명의 일반 백성들이 하는 행동은 거의 두 가지다.

잔뜩 경계하거나, 아니면 즉시 자리를 피하거나.

그런데 이곳의 백성들은 그런 기색이 하나도 없었다.

지극히 순수하다고 해야… 할 모습들이었다.

하지만 사실 백성들이 이런 모습을 보이는 것에는 전부 이유가 있었다.

"백검문. 명과 조선의 경계를 지키는 문파랍니다. 그런데 그들이 잠시 다른 곳에 간 사이 비적대가 이 마을을 급습했습니다. 마침 저희가 딱 들어왔을 때 말입니다. 뭐, 그래서 이렇게 이 마을 사람들과 신뢰를 금방 쌓을 수 있었습니다."

"운이 좋았군."

"하하, 맞습니다."

피식 웃으며 한 무린의 대답에 관평은 웃으며 고개를 끄덕였다. 사실 운이 좋긴 했다. 비천대가 이곳으로 도망치고 나서 비적대가 들이닥쳤으니 말이다.

"그보다 백검문이라는 곳에서 경계는 안 했나?"

"아, 하긴 했었는데. 저희가 비천대라고 하니 조용히 넘어갔습니다. 아마 이곳도 중원의 정세는 지속적으로 살펴보고 있었던 모양입니다."

"흠."

비천대가 처음 이 마을에 들어왔을 때, 당연히 백검문이 비천대를 찾았다.

중원과는 다르게 상당한 예의를 갖추고, 비천대의 수뇌부를 초대했고, 비천대는 그걸 받아들였다.

비천대는 중원에서도 알아주는 타격대다.

당연히 딴 마음을 뿜는 순간 백두촌은 순식간에 박살이 날 것이다. 물론 그건 백검문이 비천대를 막을 힘이 없었을 때의 얘기다.

하지만 비천대는 중원에서도 정도의 타격대다.

비천객 자체가 정도의 무인이라 소문이 났고, 남선공주를 구해 관직을 얻었다는 것도 백검문은 알고 있었다.

그렇기에 그들의 의심은 빠르게 흩어졌다.

무인답지 않은 순수함에 오히려 비천대가 놀랄 정도였다. 그리고 그들은 오히려 역으로 부탁을 해왔다.

자신들이 장백검문에서 열리는 총회에 가야 하는데, 자신

들이 빠지면 마을을 지킬 여력이 부족하니 대신 좀 지켜달라
는 내용이었다.

물론 그에 대한 보상은 장백검문에 좋은 쪽으로 얘기를 해
주고, 지원을 부탁해 보겠다는 소리였다.

"너무 순수하군. 다른 의도가 있는 건 아니었나?"

관평의 얘기를 묵묵히 들으며 걷던 무린이 되묻자, 관평은
곧바로 고개를 저었다.

"저희도 의심을 안 해본 건 아닙니다만, 당시 같이 갔던 게
저와 백면, 그리고 갈충 형님입니다. 저희 셋이 전부 그렇게
느꼈으니 아마 거짓은 아닐 겁니다."

"그렇겠군."

관평은 군부의 인물이고, 백면은 누구보다도 냉정한 친구
다. 마지막으로 갈충은 정보를 다루는 자.

대화나 정보의 진위를 파악하는 것엔 아마 그만한 인물이
없을 것이다.

"어쨌든 부탁을 받았는데 마침 그 다음날에 비적단이 들이
닥쳤다는 얘기군."

"예, 아마 백검문이 산으로 올라간다는 정보를 어디선가
들은 게 분명합니다. 하지만 저희가 야음을 틈타 백두촌에
들어섰기에 저희에 대한 정보는 모르고 약탈을 온 겁니다.
하하."

"정보를 얻었다면 아마 이 마을에 세작이 있었겠군. 잡았나?"

"네, 저희도 그렇게 생각했고, 밤에 도망치려던 세작을 바로 잡아 백검문에 넘겼습니다. 그래서 더욱 사이가 좋아졌습니다. 하하"

"잘했다. 신의를 쌓으면 언젠가 우리에게 큰 득이 될 것이다."

신의란, 쌓이면 쌓일수록 좋은 것이다.

언제라도 반드시 그에 대한 보답을 받을 수 있기 때문이다.

그렇기 얘기를 나누다 보니 백두촌을 벗어나 아주 작은 언덕의 초입에 들어섰다. 그리고 무린을 포함한 일행 전부가 입을 닫았다.

왜 이곳으로 들어섰을까?

"이곳입니다."

"……."

관평의 나직한 말에 무린은 말없이 아직 채 흙이 마르지도 않은 봉분을 바라봤다.

봉분 앞에 세워진 비석에는 '비천(飛天)' 단 두 글자만이 적혀 있었다.

"몇 놈이나 갔지?"

침묵을 깨고 나온 무린의 나직한 말에 관평은 잠시 머뭇거리다가, 이내 무린의 질문에 답을 했다.

"쉰하고, 둘입니다."

"……."

쉰하고 둘……. 즉, 오십둘이다.

한 개조에 달하는 인원이 심양대회전과 이곳으로 도망치는 와중에 목숨을 잃은 것이다. 어쩔 수 없었던 일이라는 것은 안다.

북원의 악마기병이 대회전이 벌어지고 난 직후, 심양을 함락시키고 모용세가와 남궁가, 그리고 비천대의 후미를 후려쳤으니 그럴 만도 했다.

악마기병은 비천대와 비교해도 전혀 꿀리지 않는다.

아니, 솔직히 비교를 하자면 비천대보다도 더욱 강하다. 그들은 척박한 대지에서 태어난 강인한 전사 중, 최고의 자질을 가진 자들만 모아 단련하고, 또 단련시킨 최고의 기병이다.

비천대가 제아무리 선덕제가 내린 영약을 먹고 강해졌다고 해도, 그걸 제대로 자신의 것으로 만들 시간도 없었고, 강해진 육체에 익숙해질 훈련조차 하지 못했다.

기본적인 병법의 숙지부터 이미 차이가 난다는 소리다.

그런 악마기병이 전장에 난입한 순간, 이미 대회전의 결과는 마도 쪽으로 기울어도 한참이나 기울어져 버렸다.

"어떻게 갔지?"

"잘 싸웠다. 이 녀석들… 너무 잘해줬어."

무린의 질문에 마예가 대답을 했다.

얼굴에 길쭉한 검상이 보였다.

없던 상처.

아물어가고 있지만 완벽히 아문 게 아닌 걸로 보아 요 근래 입은 것으로 보였다. 기마 위에서는 무린보다도 완벽한 마예 조차 상처를 입었을 만큼, 아마 처절한 전투가 있었을 것이라 예상이 가능했다.

"솔직히 초반에는 우리가 우세했다. 모용세가와 남궁세가 의 검수들이 적의 공격을 차분히 막는 동안, 우리가 두 개조 로 나누어 적을 타격했지. 완벽했어. 좌우로 나누어 적의 옆 구리를 완전히 찢어발겼지."

"……"

모용가의 검술은 예전에도 말했듯이, 굉장히 정교하고 치 밀하다.

모용가의 피에 흐르는 완벽을 추구하는 특성 탓에, 검술에 도 그런 특성이 녹아 있었기 때문이다. 모용세가는 진형의 우 측을 맡았다.

그 후 난전이 벌어진 즉시 모용가는 검진을 구축했고, 모용

십수의 지휘 아래 적의 돌격을 완벽하게 막아냈다.

군벌의 돌격도, 비인의 살수까지 그야말로 완벽에 가깝게 막아냈다.

남궁세가도 마찬가지.

애초에 천하제일가의 주력인 창궁대다.

모용가보다도 훨씬 더 제대로 막아냈다.

원총의 기괴한 무공 앞에서도 그들의 검진은 빛을 발했다.

단 일 보도 밀리지 않고 오히려 역공으로 적을 착실히 막고, 베어냈다.

그사이.

비천대가 좌우의 창이 되어 적을 섬멸했다.

실력이 뒷받침 됐기에 가능한 전법으로 대회전이 벌어진 초반에는 말 그대로 완벽하게 압도했다.

그러나 중반이 지나 악마기병과 초원여우가 심양을 함락시키고 모용가와 남궁가의 후미를 때려 박은 이후⋯ 모든 것이 뒤틀어졌다.

막강한 무력과 기마의 질주를 이용해 반 선회를 그리며 모용세가와 남궁세가의 검수들을 학살했다.

그 이후, 앞뒤로 압박을 받자 진형은 정말 순식간에 무너졌다.

"퇴각의 신호가 울렸다. 하지만 심양으로 돌아갈 수 없었지. 이미 심양성의 루에는 북원의 깃발이 꽂혀 있었으니까. 어쩔 수 없이 방향을 틀어 료중으로 향했다. 하지만 문제가 있었다."

"……."

문제라…….

무린은 눈을 감고 당시 상황을 그려봤다.

퇴각의 깃발이 올라갔고, 모용세가, 남궁세가, 그리고 비천대가 퇴각을 한다. 답은 금방 나왔다.

비천대는 기병대니 도주 또한 빨랐을 것이다.

하지만 모용세가와 남궁세가는?

그들은 전쟁으로 따지면 보병이다.

제아무리 신법을 익혀 빨리 달린다고 하더라도 그게 악마기병이 타는 전마에 비할 바는 아닐 것이다.

내공을 극으로 끌어올려 신법을 펼친다면 잡히지 않을 수는 있다. 그러나 내공은 무한한 게 아닌 법.

결국은 잡힌다.

악마기병이 타는 전마의 체력은 상상을 초월하니까.

"내공이 낮고 신법이 약한 검수들이 먼저 잡히기 시작했다. 그래서 참지 못하고 기수를 돌렸군."

무린의 나직한 말에 마예는 고개를 끄덕였다.

어쩔 수 없었을 것이다.

만약 기수를 바꾸지 않았다면… 계속해서 당했을 테니까. 냉정하게 생각하면 버릴 수도 있는 일이다.

하지만 그럴 수 없던 이유는 이들이 정도를 추구하기 때문이다. 또한… 틈틈이 비천대의 실력을 봐준 남궁유청의 존재 때문이다.

가솔이, 자신의 가문 사람들이 도망치다 죽어나가는 것을 그는 이미 한 번 경험했다. 안휘성에서 혈사대에게 지독히도 처절하게 말이다.

그의 눈이 가장 먼저 뒤집혔고, 가장 먼저 기수를 돌렸다.

"어르신은 따라오지 말라고 했다. 기수를 돌리면 어떤 일이 벌어질지 잘 아신 게지. 하지만 그럴 수는 없었다. 가장 선두에서 비천대의 힘이 되어주셨고, 남는 짬을 이용해 녀석들의 무공을 손봐주신 분이다. 홀로 적과 싸우게 할 수 없었다."

이들이 이곳에 모인 이유는?

무린 때문이다.

하지만 무린 그 이전에 이유가 하나 있다.

바로 의리.

생명의 은, 그 의를 지키기 위해 다시금 무기를 잡은 녀석들이다. 따라서 기수를 돌리는 데는 그 어떠한 망설임도 없었을 것이다.

그러나 망설임이 없었던 게, 저승으로 가는 조건 중에 하나인지는 몰랐다.

"강했다……."

마예는 입술을 질끈 깨물고, 모든 것을 포함한 '강했다' 라는 말을 입에 담았다. 무린도 인정했다.

무린 본인도… 처절하게 당하지 않았나.

흑산, 그곳에서.

소향이 없었다면 필시 그곳에서 죽었을 터다.

특히 구유칸.

칸의 칭호를 이어받은 자.

무린은 자신의 몸 상태가 최고라도 구유칸과 싸운다면… 승패를 가늠할 수 없다는 걸 알고 있었다.

근데 과연.

구유칸이 전부였을까?

몇 십 기가 아닌, 최소 몇 백기의 악마기병이 투입됐을 텐데 구유칸 같은 존재가 그 하나밖에 없었을까?

아닐 것이다.

"세 개의 뿔을 단 놈들이 몇 놈이었지?"

"정확하게는 못 봤지만 최소 열은 넘었습니다."

관평에게 묻자 바로 답이 나왔다.

그렇다면 구유칸과 동급인 녀석이 최소 열이다. 반대로 따진다면 무린과 비슷한 경지거나 조금 약하거나, 아니면 무린보다 강한 악마기병의 조장이 열이 넘었다는 소리다.

무린은 생각해 봤다.

'비천대에 나와 비슷한 경지가… 둘.'

백면, 그리고 남궁유청.

이 둘이 전부다.

그리고 둘 다 무림보다 낮다라고는 할 수 없었다.

경험과 연륜이 차이는 있겠지만 그거야 결국 종이 한 장 차이다.

무린은 확신한다.

지금 무린은 창천대검과 붙어도 쉽사리 지지 않을 자신이 있었다. 아니, 아마 막상막하일 것이라 생각했다.

결국, 이들은 무력 자체에서도 그들에게 비해 너무 부족했다.

"붙는 즉시… 밀렸겠군."

"네, 거기다가 저희는 기수를 돌려 선회했기에 제대로 가속도 붙이지 못했습니다. 애초에… 질 싸움이었습니다."

기병의 생명은 속도다.

어마어마하게 오른 속도, 속도는 곧 힘이다. 관통력이다.

"격돌한 즉시 쪼개졌다. 비천대가 반으로……."

"……."

씹어뱉듯이 나온 마예의 말에 무린은 침묵할 수밖에 없었다.

비천대가 반쪽으로 쪼개졌다.

예상은 했지만, 처절하게도 밀렸다.

"그때 거의 사십이 넘는 전우가 죽었다. 수습도 못했지. 크큭."

마예가 그때의 기억이 떠오른 듯, 괴로운 얼굴을 했다.

"고생했습니다."

무린은 마예의 어깨를 툭툭 쳤다.

그리고 다시 비석으로 시선을 돌렸다.

마치 땅에 박힌 듯이 떨어지지 않는 발을 겨우 떼 비석 앞으로 이동한 무린은 허리춤에서 오면서 사온 술병을 꺼내 들었다.

뽕! 소리가 나고 마개가 뽑혀 나갔고, 무린은 그대로 뒤집어 비석 위로 쏟아냈다.

원래는 봉분에 부렸어야 하지만, 사실 저 봉분 안에는 아무것도 없다. 그저 생전에 쓰던 물품만 있었다. 반대로 이 비석은 넋을 기리기 위한 것.

그래서 무린은 비석에다 뿌렸다.

"미안하다."

떨어지지 않는 입을 겨우 떼, 미안하다는 말을 하는 무린의 얼굴은 너무나 굳어 있었다. 대체 뭐라고 할 말이 있을까?

"정말… 미안하다."

너무나 헛되게 생을 마감한 이들에게 미안하다는 말 말고, 대체 무슨 말을 할 수 있을까? 그 어떤 말도 변명이 될 뿐이다.

아, 하나 있다.

이들에게 미안하다는 말 말고, 무린이 할 수 있는 유일한 말.

"대신… 내 약속하마. 모조리, 모조리 죽여 너희들 가는 길, 외롭지 않게 해주마."

바로 복수의 맹세였다.

"저번에도 그랬지. 그리고 지키지 못했다. 하지만 이번엔 반드시… 지키겠다."

언제나 늦었었다.

안휘성서 혈사대와 싸우고 전사한 인원들에게 맹세했었다. 하지만 그건 지켜지지 못했다.

지켜지지 못한 정도가 아니라 반대로 오히려 더 많은 전우들이 죽었다.

하지만 이번은 다르다.

이제… 무린은 비천대와 떨어질 일은 없었다.

"그러니 지켜봐다오."

무린은 그 말을 끝으로 일어났다.

이제부터 감상에 빠질 시간이 없다.

할 일이 너무나 많기 때문이다.

"내려가자."

무린은 냉정하고, 철저하게 굳은 목소리로 그렇게 말하고 산을 내려왔다.

파스스. 봉분 뒤 나뭇잎이 떨리는 건 아마 우연이 아닐 것 이다.

무린의 말에 답하는 전우의 외침이다.

물론, 그런 초자연적인 일은 결코 믿지 않는 무린이지만, 이번만큼은 그렇게 믿기로 한 무린이었다.

*   *   *

비천대가 빌린 장원으로 돌아오자 어느새 해는 지고 있었 다.

저녁을 먹고, 무린은 조장급 인물들을 모조리 소집했다.

아주 오랜만에 하는 회의다.

하지만 오랜만이라 화기애애하지는 않았다.

오히려 아주 무겁게 굳어 있었다.

"고생하셨습니다, 어르신."

무린은 일단 바로 옆에 앉아 있는 남궁유청에게 깊이 고개를 숙였다. 남궁세가를 나와, 무린을 도와주는 남궁유청이었다.

물론 거기엔 그의 개인적인 원한 때문인 이유가 있지만 그래도 도움을 받고 있었다.

"아닐세. 후우, 자네에게 그리 부탁을 받았는데… 내 마음 때문에 오히려 해를 입혀 너무 미안할 뿐이야."

한숨과 함께 대답한 그 말에, 무린은 고개를 저었다.

"그렇지 않습니다. 어르신이 먼저 기수를 돌리지 않았다 하더라도 여기 이 사람들 중 먼저 돈 사람이 분명히 있었을 겁니다. 그러니 어르신은 그런 책임감을 느끼지 않으셔도 됩니다."

"후우……."

무린의 말에 남궁유청은 대답하지 못했다.

솔직히 말해 남궁유청이 도주하던 그날, 기수를 돌리지 않았다면? 과연 그대로 계속 퇴각했을까?

아닐 것이다.

이곳에 그렇게 비겁한 비천대원은 없다.

오직 무린과 연결된 의리 하나로 이곳을 찾은 비천대다. 의리는 옳은 마음이다. 그런 옳고 바른 마음을 지닌 비천대는 남궁유청이 돌지 않았더라도 분명 다른 누군가가 돌았을 것이다.

"맞습니다. 사실 제가 돌리려고 했는데 어르신이 저보다 조금 더 먼저 돌았을 뿐입니다."

우직한 제종의 말이 뒤를 이었지만 그럼에도 남궁유청의 얼굴은 펴지지 않았다. 무린은 제종을 바라봤다.

안 쓰던 안대를 쓰고 있다.

아까 마중을 나왔을 때도 제종은 없었다.

"그 눈은?"

무린은 물었다.

사실 답을 알고 있었다.

제종은 하하 웃더니, 호탕한 목소리로 대답했다.

"삼각이한테 당했다. 하지만 목 대신 눈깔 하나니, 남는 장사 아니겠냐. 하하하!"

"……."

삼각이.

악마기병의 조장을 일컫는 말일 것이다.

제종이 아무리 신력을 타고 났다고 해도, 제대로 무공을 배우지 않은 이상 악마기병의 조장을 상대하는 건 무리였다.

집안에서 내려오는 힘쓰는 법을 배웠다고 해도 한계는 분명히 있었다. 왜? 그게 무공은 아니기 때문이다.

그 힘쓰는 법은 아마도… 토납법일 것이다.

내공심법의 아래 단계.

물론, 그중에서도 특별하긴 하겠지만 그래도 토납법의 범주에서 벗어나진 못할 것이다.

"하하, 그런 눈으로 보지 마라. 요즘 노사님한테 다시 제대로 배우고 있으니."

"……."

제종의 말에 무린은 남궁유청을 바라봤다.

"그저 기감을 예민하게 하고, 사용하는 방법을 알려주고 있을 뿐이네. 대단한 게 아니야."

그렇게 쉽게 말하지만, 남궁유청 자체가 이미 대단한 사람이다.

그러니 그 방법에도 분명 그의 수준 높은 무리가 담겨 있을 것이다. 그러니 결코 대단치 않은 게 아닐 것이다.

"잘 부탁드립니다."

"걱정 말게."

제종에 대한 이야기는 끝내고, 무린은 정면을 바라봤다.

시선의 끝에는 단문영이 있었다.

무린과 마주보고 있는 그녀.

사실 모두들 그녀가 이곳에 들어왔을 때, 궁금해 했었다. 하지만 무린이 어련히 알아서 소개하겠거니 생각하고 묻지 않았다.

"먼저 소개부터 하지. 이분은……."

"제가 할게요."

스윽.

단문영은 무린의 말을 끊고, 자리에서 일어났다. 그리고 비천대의 조장인 관평, 장팔을 시작해 제종, 마예, 백면, 윤복과 태산등과 전부 눈을 맞추고 천천히 허리를 숙였다.

"만독문의 단문영입니다."

"……."

"……."

차분하고, 자신이 누군지를 알리는 그 말에 모두는 아무런 대답도 하지 않았지만, 순식간에 낯빛이 변했다.

만독문.

마도육가의 일가.

현재 사천에서 당가와 치열한 대치 중.

즉, 현재 이 일의 원흉중 하나다.

"이곳이 어딘지 알고……."

조용히 흘러나온 말.

위치는 무린의 옆자리였다.

고고한 남궁유청의 전신에서 서릿발 같은 기세가 일어나기 시작했다. 그리고 그 기세는 온전히 단문영에게로만 쏟아졌다.

하지만 단문영.

그녀의 얼굴에는 아무런 기색도 떠오르지 않았다.

단문영.

그녀도 무인이기 때문이었다.

하지만 그게 남궁유청을 자극한 것일까?

스스릉.

공간조차 베어버릴 예기가 넘실거렸다.

검이 뽑혀져 나왔을 때도, 단문영의 얼굴에는 아무런 기색도 떠오르지 않았다. 담담하게, 그저 남궁유청을 바라볼 뿐이었다.

살갗을 찢어발긴다 표현해도 좋을 기세.

이내 남궁유청의 푸른 무복이 펄럭이더니, 공간을 완벽히 장악하고 광포하게 넘실거리기 시작했다.

더없이 고고하고 유하던 남궁유청.

그의 눈빛은 지금 이 순간 믿을 수 없을 정도로 차가웠다.

푸르게 물들어가는 눈동자를 보노라면… 북해의 빙하가 떠올랐다.

"죽여도 되는가?"

그리 묻는 남궁유청의 목소리에는 일말의 거짓이 없고, 온전히 진심만 있었다.

*　　　*　　　*

하아.

이렇게 될 줄은 알았다.

솔직 담백한 단문영의 소개 이후 일어날 일, 무린은 사실 상상할 수 있었다. 그럼에도 단문영을 소개하려고 한 건 그녀의 존재는 반드시 짚고 넘어가야 했기 때문이다. 단문영의 성격 자체가 마도가 아니라지만 그녀의 소속은 분명히 마도다.

그것도 만독문.

무린은 입을 열었다.

"어르신."

무린이 한숨을 쉬며, 남궁유청을 불렀다. 그러나 그 부름에 남궁유청은 그 기세 그대로, 미동도 하지 않고 다시 무린에게 되물었다.

"죽여도 되나 물었네."

"……"

그 물음에서 무린은 더욱 더 확실히 느꼈다.

'진심으로 죽일 생각이군.'

고고한 남궁유청의 성격은 이미 강호에도 유명하다. 유하고, 어느 때나 인자함을 잃지 않는다고 해서 부드럽게 흐르는 유검이라 한다.

하지만 그거야 예전 얘기고.

뒤늦게 얻은 딸을 잃은 그에게 사실 이제는 유검이라는 호칭은 어울리지 않는 상태였다. 그리고 그 마음이야 이해한다.

복수심.

무린도 현재 복수를 맹세한 상태이지 않은가.

하지만 안 된다.

"안 됩니다."

무린은 단호하게 고개를 저으며 대답했다.

단문영은 죽어서는 안 된다.

여러 가지 이유가 있지만.

"왜인가? 설명을 부탁하네."

"저도 죽습니다."

"음?"

무린의 솔직한 대답에 남궁유청의 눈빛에 의문이 떠올랐다. 그리고 단문영에게 고정되어 있던 서늘하게 날카로운 눈빛을 돌려 무린을 바라봤다.

"연인인가?"

"당연히 아닙니다."

"그럼 왜인가?"

"혼심독을 아십니까?"

"혼심? 으음, 혼심독이라······."

무린의 질문에 잠시 생각에 잠기는가 싶더니, 이내 기억을 찾아냈는지 아, 하는 탄성을 질렀다.

"중독 당했나?"

"예."

"허어······."

남궁유청 또한 강호의 노고수다.

당연히 혼심독에 대한 얘기를 들어봤을 거다. 만독문이야 마도의 적이니, 가장 경계해야 할 문파였고, 그러다 보니 어려서부터 이미 마도육가에 대한 건 착실히 교육을 받았던 것이다.

"그저 전설이 아니었던 건가?"

"제가 거짓말을 할 성격이 아니라는 건 아실 겁니다."

"아네. 후우······."

깊은 한숨을 내쉬는 남궁유청의 행동에 모여 있던 조장들 중 대부분이 고개를 갸웃거렸다. 돌아가는 상황을 따라잡지 못한 것이다. 하지만 전부 이해를 못한 건 아니었다. 이 중에 이해한 건 딱 둘. 백면과 갈충, 둘이 전부였다.

갈충이야 정보를 다루니 당연하다 봐야 했고, 백면도 마찬가지로 배화교의 검수니 혼심독을 알고 있을 법도 했다.

"허어, 허허… 요사한 계집이로고."

남궁유청의 입에서 결코 그와 어울리지 않는 말이 나왔다.

그러나 단문영은 오히려 그 말에 웃었다.

"복수. 창천유검께서 제게 이러는 게 따님을 잃은 복수심 때문인가요? 저 또한 제 오라버니의 복수 때문입니다. 저희가 다를 게 있던가요?"

"시작은 너희가 먼저다."

그 말에 날카롭게 남궁유청이 대답했다.

그러나 단문영의 낯빛은 여전히 담담했고, 목소리도 마찬가지였다.

"따님의 생명을 빼앗은 건 정확하게는 저희가 아니라는 걸 아실 텐데요? 혈사대, 비인의 살객, 그리고 정체 모를 흉수가 따로 있었어요. 만독문은 그 일에 개입한 적이 없지요. 안휘성의 일도 마찬가지. 만독문은 사천에 있었답니다."

단문영의 말은 상당히 교묘했다.

하지만 그 정도에 넘어갈 남궁유청이 아니었다.

"갈! 그 사갈 같은 혓바닥은 그만 놀려라!"

객청이 쩌렁쩌렁 울리는 외침이었다.

단문영의 눈빛이 이때 굳었다.

"……."

침묵하는 단문영을 보고, 무린이 다시 입을 열었다.

"어르신, 일단 앉으십시오. 설명을 지금부터 하겠습니다."

"……."

단문영을 노려보던 남궁유청은 무린의 그 말을 듣고 나서야 천천히 납검하고, 다시 자리에 앉았다.

남궁유청이 앉자, 백면이 후후, 웃으면서 말했다.

"진 형의 인생사, 참으로 기구하오. 후후후."

피식.

누가 아니래나.

무린이 웃자 갈충이 첨언을 붙였다.

여기 있는 모두에게 혼심독이 뭔지 설명을 시작한 것이다.

"옛 강호에 태어난 무공이 하나 있었지. 사랑하는 연인과 한날한시에 죽고 싶었던 마음에 나온 무공이었지. 그 당시에는 비익이라 불렸다. 하지만 만독문의 손에 그게 들어간 이후 혼심독으로 변했지."

"……."

"……."

비익?

무린도 처음 듣는 이름이다.

하지만 이름은 이제 와서는 아무런 상관도 없었다. 그저 중독 당했다는 것이 중요했다.

"고독이라고 알지? 왜 독벌레 있잖나. 숙주에게 심어, 이지를 흐트러뜨리고 조종하는 그런 벌레 독. 비익은 그와 비슷하다."

"……."

"……."

이해력이 딸리지 않으니, 비천대 조장들의 시선이 단문영에게 천천히 돌아갔다. 즉, 무린에게 그런 끔찍한 독을 심었다는 소리지 않은가?

서서히 피어나더니, 이내 해일처럼 넘실거렸다.

그러나 단문영은 그 상황에서도 담담한 신색을 유지하고 있었다. 그런 단문영의 얼굴을 힐끗 본 갈충이 뒷말을 이었다.

"하지만 혼심독은 그저 그런 고와는 차원이 달라. 독이 벌레가 아니거든."

"벌레가 아니라고?"

제종이 단문영을 노려보던 시선 그대로 되물었다.

"그래. 혼심독의 고는, 영혼으로 만들어졌다."

"…영혼?"

"그래, 영혼."

"……"

"너희들은 모르지? 강호에서 혼심독을 불가해의 무공이라 부른다. 숙주의 마음을 조종하여, 종내에는 파멸로 이끌지. 분노케 하고, 슬프게 하고, 그렇게 의식을 침잠해 더럽힌다."

꿀꺽.

몇몇 조장들이 침을 삼켰다.

그리고 무린을 바라봤다.

하지만 그들의 눈에는 당연히 무린은 정상처럼 보였다. 그럴 수밖에 없었다. 정상이 맞았으니까.

"중요한 건 지금부터다."

"더 들을 게 있나?"

"그래, 가장 중요한 것."

"해봐."

"혼심독은 불가해라 불리는 만큼, 결코 해독법이 없다."

"……"

"……"

싸늘한 침묵이 돌기 시작했다.

해독법이 없다니, 그럼 영원히 무린이 중독당한 채 살아야 한단 말인가? 어이가 없고, 분노가 그 뒤를 이었다.

결정타가 터졌다.

"또한 고의 특성상… 하나가 죽으면, 다른 하나도 죽는다."

"……."

"……."

큭.

침묵을 뒤로 하고 갈충의 얼굴이 일그러지며 마지막 얘기가 나왔다.

"즉, 저 여인이 죽으면 무린도 죽는다는 소리지. 마찬가지로 무린이 죽으면 저 여인도 죽는 거고. 그래서 태초에 불렸던 이름의 뜻인, 비익공이다."

서로 하나의 눈, 하나의 날개를 가졌기에 둘이 함께가 아니면 날지 못한다는 비익조. 그렇다면 둘 중 하나가 죽으면?

당연히 다른 하나의 비익조도 날지 못하고, 죽게 될 것이다.

태초에 혼심독은 그런 비익조에서 이름을 땄다.

제종이 하나밖에 없는 눈으로 단문영을 쏘아보고, 입새로 으르렁거리다가 묻는다.

"결론은 우리가 이 여자를 쳐 죽으면, 무린도 죽는다는 소리지?"

"그래."

"안 죽을 가능성은?"

"무린을 죽이고 싶으면 실험해 봐라."

"……."

서로가 서로의 목줄을 쥐었다.

다만, 지금 이 상황에서는 단문영이 비천대의 대주인 무린의 목줄을 쥐었기에 상황이 다르다. 누가 칼자루를 쥐었는가라고 묻는다면 무조건 단문영이다.

대장의 목숨을 잡고 있으니 말이다.

"도대체, 무슨 일이 있었냐?"

제종이 무린에게 물었다.

무린은 답했다.

"단문석."

"단문석?"

"만독문의 소가주였고, 내가 호왕의 난 때 죽였지. 그래서 저 여인 또한 나에게 복수를 한 것이오."

"……."

"……."

맞다.

무린은 아무런 원한도 서로 없었으면서, 당시 상황에 따라 만독문의 소가주였던 단문석을 죽였다.

그 결과 남선공주를 구했고, 선덕제에게 포상을 받았다.

이 상황에서, 사실 단문영을 욕해서는 안 된다.

왜냐고?

비천대도 지금 복수심에 활활 타오르고 있기 때문이다.

내가 하는 복수는 정당하고, 남이 내게 하는 복수는 정당하지 못하다? 용납할 수 없다? 그거야말로 이기심의 극치다.

하지만 인간은 이기심의 동물이라, 본디 내가 먼저인 법이다.

그래서 무린은 단문영에 대한 얘기를 끊었다.

"그만, 이것 말고도 알아야 할 게 있다."

"더 있소?"

"그래, 더 있다."

백면의 물음에 무린은 단호하게 고개를 끄덕이며 대답했다. 있다. 이들이 반드시… 알아야 하는 일이.

바로, 마녀에 관한 일이다.

*　　　*　　　*

후우.

마녀를 생각하자 바로 한숨과 함께 답답함이 밀려왔다. 이 이야기를 어디서부터 어떻게 풀어나가야 할까.

아니, 일단 말한다고 믿기나 할까?

사실 심양에서 마녀와의 만남이후, 머릿속 한구석에서 계속 마녀에 대한 생각을 했었다. 직접 만났으면서도 그 존재 자체가 의문이 드는 존재.

무린은 시선을 돌려 한 사람을 바라봤다.

"백면. 물어볼게 있다."

"하시오."

"마녀라는 이름을 아나?"

"……."

침묵.

아무 말도 하지 않았지만, 한 것이나 다름없다.

무린은 시선을 다시 돌렸다.

이번에는 갈충.

"형님도 아시오?"

"안다… 으음."

곤란한 얼굴을 하는 갈충.

역시, 둘은 알고 있었다.

"이야기가 빠르겠군. 먼저 내가 아는 것부터 설명하지. 형님이랑 백면은 나중에 다른 게 있다면 첨언을 부탁하오."

"……."

"그러지, 크흠."

후우.

무린은 다시 심호흡을 했다.

만만치 않은 이야기인지라 저절로 긴장이 들어 근육이 굳는 느낌이 들었다. 결국 삼륜공을 돌려 이완시키고는 입을 열었다.

"간략하게 얘기하마. 너희들을 만나러 오는 길에 심양에 들렀다. 그곳에서 좀 전에 말한 마녀라는 존재를 만났다. 음, 어떤 존재인가 설명하자면… 그래. 그냥 인간에서 벗어난 여인이었다. 보는 순간 칠흑의 무저갱을 느꼈고, 무저갱을 느낀 순간 깨달았다. 마녀가 손가락을 내저으면, 나는 그대로 죽겠구나."

"……."

"……."

담담히 사실을 얘기하는 무린이다.

그런 무린의 말을 듣는 나머지는 고개를 다들 갸웃거렸다. 물론, 백면과 갈충은 아니었다.

"농이라 생각하지 마라. 내가 진심으로 그렇게 느꼈다. 단일 수. 마녀가 나를 죽이는데 필요한 손속은 한 번의 손짓이면 충분하다고 느꼈다. 자랑은 아니다만, 내 경지는 이제 절정에도 그 끝에 도달했다고 생각한다. 그런 나를… 단 한 번의 손짓이면 죽일 수 있는 존재를 만났다."

"……."

"……."

여전히 무린의 말에 침묵했다.

그 무거운 침묵 속에 무린은 계속해서 얘기를 했다.

"그런 마녀를 만나기 이전에, 개방의 인물이 나를 찾아왔다. 구름 속에 은거했다 전해지는 개방의 인물은 직접 나를 와서 어서 도망치라 했다. 하지만 마녀가 우릴 찾는 게 먼저였지. 개방의 무인도 강했다. 음… 어느 정도일까. 전대의 검왕? 서 있던 나를 손짓 한번으로 강제로 앉게 만들었으니 그도 정말 엄청난 무인이었다. 하지만 그 개방의 무인조차 마녀에게는 턱도 없었다. 굴욕적인 언사를 들어도 이 악물고 참던 것을 내가 보았으니 절대로 거짓이 아니다."

"어떻게… 살아나왔소?"

백면이 무린의 말이 끝나자마자 물었다.

무린은 그에 대한 답을 곧바로 던져줬다.

"소향이 왔었다."

"그렇군. 그녀라면 그럴 만한 능력이 있지."

"알고 있었더군. 그녀가 없었더라면 그 자리서 나는 물론 김연호와 연경, 그리고 저 앞의 혼심독주와 개방의 무인까지 전부 죽었을 것이다."

"살아 돌아온 게 용하오."

"그녀를 직접 본적이 있나?"

"……."

끄덕.

백면은 무겁게 고개를 끄덕였다.

무린이 가만히 바라보자 천천히 입을 열었다.

"얼마 안 됐소. 비천대에 합류하기 일 년 전에 봤소. 신교의 연무장에서. 당당히 신교의 문을 걸레짝으로 만들고 들어와…… 신교의 무력단을 모조리 쓰러뜨렸고, 교주님마저 무릎 꿇었소."

"……"

"그것도 혼자서."

그 말에 무린은 대답할 수 있는 건 아무것도 없었다.

신교의 무력단.

그리고 배화교주.

무력단이야 그렇다 치자.

배화교주는…….

구파와 동급이다.

아니, 어쩌면 단일 세력으로는 구파전체와 비슷할 수도 있었다. 배화교주만큼의 무력을 지닌 자가 그럼 누가 있을까?

소림방장?

무당장문?

아마 비슷할 것이다.

이미 일신의 무위가 아득히, 아득히 높은 곳에 있는 자들이다. 그런 배화교주가… 무릎을 꿇었다.

비사다.

"이유는 하나였소."

"무슨 이유?"

"마녀의 세력을 수색하던 본교의 은월단이 문제였소. 교주께서 무릎을 꿇으셨을 때, 마녀가 그랬소. 당장 거둬들이지 않으면 지금 즉시 배화교를 없애버리겠다고. 가능했을 거요. 어쩌면 그녀 혼자 온 게 아니었을 수도 있으니."

"음……."

"큭, 은월단은 한 달 만에 전원 교로 복귀했소. 정보력도 결국은 마녀의 세력이 훨씬 앞섰던 거요."

경고였단 소리다.

아직 한명운과 한 약조에 따라 시간이 남았으니, 경거망동하지 말라는.

환장하겠군.

무린은 갈충을 바라봤다.

"형님은… 이제 말해보십시오. 어디 소속입니까?"

"큭… 황실이다."

"…동창?"

"아니다. 나를 포함한 우리 전부를 부르는 이름은 없다."

"절대적 비밀이라는 소립니까?"

"그래, 우리의 존재를 아는 건 오직 폐하와 강신단주, 그리고 동창의 두 첩형이 전부다. 우리가 만들어진 건… 아마 내가 예상하는 때겠다."

"마녀가 발호하려고 했을 때?"

"그래, 마녀를 상대할 무력이 필요해 만들어진 게 강신단이다. 그리고 우리는 마녀에 대한 조사가 필요해 만들어진 단체지."

"형님도 마녀를 봤습니까?"

무린의 질문에 갈충은 고개를 저었다.

"나는 못 봤다. 하지만… 백면이 말한 것과 비슷한 말은 들었다. 선덕제께서 황위에 오르고 얼마 지나지 않아, 마녀가 찾아왔다고 했다. 강신단주가 무릎을 꿇었지."

"……."

무린은 침묵했다.

강신단주.

무린이 직접 본 무인 중에서 그야말로 무적인 자.

그래서 따로…… 무적단주라 불리는 자.

그런 강신단주 이무량이 무릎을 꿇었다.

하지만 이해할 수 있을 것 같았다.

무린은 강신단주도 보았고, 마녀도 보았다.

누가 더 강하냐고 무린에게 묻는다면 무린은 주저 없이 마

녀를 찍을 것이다. 그날 느낀 것은 그야말로 인세의 것이 아
닌 무력이다.

인간에서 벗어난, 별호 그 자체.

마녀다.

하지만 무린은 이해했지만, 다른 사람들은 아니었다.

"뭐?"

"가, 강신단주가?"

"그 괴물이 졌다고?"

비천대 조장들 사이에 소란이 일어났다.

그럴 만도 했다.

이들은 배화교주가 얼마나 강한지 모른다. 직접 만난 적도
없고, 관심도 없기 때문이다. 그러니 와 닿지 않지만, 강신단
주 이무량은 다르다.

강신단과 강신단주 이무량이 얼마나 강한지, 그 어마어마
한 무력을 여기 있는 조장들은 확실하게 알고 있었다.

초원의 괴물이라는 초원여우의 백 이상을 도륙해낸 자가
강신단주다. 그것은 아주 유명하고도 유명한 이야기.

단 삼백에 가까운 강신단을 대동하고 몇 만의 군세를 파고
들어 호왕의 목을 따버린 믿지 못할 압도적인 전과까지.

그런 강신단이 무릎을 꿇었다는 것은 비천대 조장들에게
는 그야말로 충격이었다.

"놀랍나? 하나 더 얘기해 주지. 그날 강신단 삼백도 다 같이 무너졌네. 마녀가 온다고 예고를 하고 왔기에 폐하의 거처를 완벽하게 방비했는데, 그 앞에 홀연히 나타나 모조리 쓰러뜨리고 들어왔지. 그 다음은 금의위 대도독까지 쓰러뜨리고, 마지막이 강신단주였지. 크크. 들은 얘기지만 아마 거짓은 아닐 거야."

괴물.

인세를 벗어난 괴물…….

"잠깐, 잠깐……."

제종이 골을 짚고 흔들며 대화의 진행을 막았다.

어지러운지 잠시 머리를 털더니, 무린을 보고 물었다.

"그 얘기를 하는 이유가 뭐지? 혹시 그 마녀란 자가 이번 일의 원흉인가? 앞으로 상대해야 할 적?"

"이번일의 원흉은 아니야. 하지만… 앞으로 오 년 뒤에 일어날 일에는 원흉이 되겠지."

"오 년 뒤? 설마 또 전쟁이 일어난다는 소린가?"

"전쟁 정도가 아니다."

제종의 말에 갈충은 단호한 목소리로 끊었다.

그리고 전부를 바라보고 말했다.

"강호말살이다. 황실의 멸망이다."

"……."

"……."

무린은 침묵을 뒤로 하고 덧붙였다.

모두를 바라보며…….

"생존이 달린 싸움이 벌어질 것이다. 무인은 씨가 마를 것이고, 대륙전체가 어둠에 쌓이겠지. 아직 체감이 잘 안될 것이다. 실제 나도 믿지 못했으니까. 하지만 이건 소향에게 직접 들은 얘기다. 좀 전에 나온 것처럼 소향은 전대의 문성이신 한명운 선생님의 제자다. 그런 그녀가 허튼 소리를 했을 가능성은 없다. 후우……."

무린의 말에 장팔이 인상을 찡그리며 말했다.

"무인의 말살이라면… 그 환란에 참전을 해도 모조리 죽일 거라는 말씀이십니까?"

"그래, 마녀는… 모조리 죽일 생각이다. 검을 배운 자, 나아가 무예를 익힌 자. 단 하나도 남겨놓을 생각이 없다."

"……."

"……."

현실성이 없다.

그래서 그런지 갈충과 백면을 빼고는 모두 인상을 찡그리고 골몰히 생각에 잠겨들었다. 무린은 굳이 말을 더하지 않았다.

알아서 생각할 시간인 것이다.

잠시 시간이 지난 뒤, 남궁유청이 가장 먼저 입을 열었다.

"믿기지 않는 이야기군."

"……"

모두가 공감하는지, 남궁유청의 말에 고개를 끄덕였다.

그럴 것이다 아마.

무린도 사실, 지금도 이해가 안 갔으니까. 현실감이 별로 안 느껴졌으니까. 하지만 이건 분명한 사실이다.

믿기 싫어도 믿어야 하는 현실이다.

"아마 남궁세가주는 알고 있을 겁니다. 소향에게 듣기로 오대세가의 가주들은 알고 있다고 들었으니까요."

"으음… 그럼 원로전과 장문만 알고 있겠군."

남궁유청이 그렇게 중얼거리다 말고 다시 무린을 바라봤다.

"그런데 저 만독문의 여인과 이 일이 무슨 관계가 있나?"

남궁유청의 질문에 무린은 고개를 끄덕였다.

이 역시 설명하기 위해 단문영이 이 자리에 있는 것.

"저 여인은 이제 만독문의 여식이라 보기 힘듭니다. 이미 저에 대한 복수심 때문에 본인의 의지로 남궁세가를 나왔으니까요. 그래도 만독문이 잘못된 길을 가고 있는 것도 저 여인은 아주 제대로 깨닫고 있습니다."

"그 정도로는 부족하다."

"알고 있습니다. 그 정도 사유라면… 당사지인 저에게도 부족합니다. 그러니 묻겠습니다. 어르신께서는 상단을 얼마나 여셨습니까?"

"상단? 상단전을 말하는 겐가?"

"예."

잠시 인상이 찌푸려지더니, 이내 솔직하게 답변하는 남궁유청이었다.

"많이는 못 열었다. 십 할로 치면… 이제 삼 할 정도 열었겠구나."

그 말을 즉시 무린이 다시 받았다.

"저 여인은… 아마 전부를 열었을 겁니다."

"십 할 전부… 말인가?"

"예, 혼심독은 오로지 상단전으로 사용하는 무공이라 합니다. 실제로 단문영에게 내공은 느껴지지 않습니다."

"그건… 그렇군."

남궁유청이 다시 단문영을 힐끗 보더니 대답했다. 외형에서 살펴보면, 어느 정도 경지에 든 자는 보일 것이다.

단문영은 육체를 수련한 흔적이 아주 조금도 없다. 피부는 물론 손 또한 깨끗하다. 만독문의 수공을 익혔거나, 독공을 익혔으면 피부가 변색되어야 하는데 그런 게 아주 조금도 없었다.

또한 내공의 흔적조차 없다.

아주 깨끗이, 그냥 보통 여인이다.

하지만 단문영은 분명한 무인이다.

상단을 극성으로 연 무인.

그렇지 않았다면 처음에 남궁유청이 보인 기세에 이미 실신하고도 남았을 것이다. 남궁유청 정도의 무인이 대놓고 기세를 쏘아 보내면, 단지 심지가 굳고, 정신력이 굳건하다는 것으로는 절대 버티는 게 불가능하기 때문이다.

무혜가 그러지 않았나.

그 올곧은 심지와 대쪽 같은 성품으로 창천대검의 기세에 맞섰다가, 결국에는 혼절하지 않았나.

단문영이 조용히, 모두의 시선을 빼앗으며 말했다.

"상단을 극성으로 연 무인. 저는… 당신들이 느끼지 못하는 걸 느낀답니다."

"우리가 느끼지 못하는 것?"

"예."

별처럼 빛난다.

혼심독을 운용할 때와는 다르게, 아주 반짝이고, 별처럼, 저 하늘의 맑은 별처럼 단문영의 눈동자가 빛을 뿌리기 시작했다.

"으음……."

남궁유청의 눈동자가 심유하게 변했다.

그 역시 경지가 높은 무인.

지금 단문영이 어떤 상태인지 눈치챈 것이다.

지금의 단문영.

결코 가볍게 볼 게 아니었다.

"어두워요."

무린의 낯빛이… 굳었다.

대체 무엇이 어둡다는 뜻일까?

마녀가?

그 칠흑의 어둠이 다시 보이는 걸까?

아니, 아니다.

지금 단문영은 자신이 이곳에 있는 이유를 설명하는 시간
이다. 그렇다면 자신의 존재를 입증해야 하는 것.

"…낫."

천명을 느끼는 여인이다.

말했듯이 예전이라면 개소리로 치부했겠지만, 지금의 무
린은 아니다. 단문영의 말은 믿는다. 신뢰까지는 아니어도,
그녀가 틀리지 않는다면 믿을 것이다.

으득!

무린의 주먹이 꽉 쥐어졌다.

"관평……."

"예?"

관평은 아직 상황을 제대로 파악하지 못했다. 상황이 워낙에 이해 못할 지경으로 돌아가고 있었기 때문이다.

하지만 관평이 그러거나 말거나, 무린은 물었다.

"심각한 부상자가 있나……?"

비천대는 악마기병에 처참하게 깨졌다.

이미 죽은 비천대도 있고, 죽을 만큼 심각한 부상을 입은 비천대도 있을 것이다. 그래서 아니기를 바라는 무린.

"아, 예. 유광이… 아."

그제야 이해한 관평. 그는 급히 날듯이 뛰어나갔다.

만약, 단문영의 말이 맞다면?

반각 후. 관평이 들어왔다.

심각하게 굳은 얼굴로.

"오늘이 고비라고 합니다."

힘없이 나온 그 말에, 모두의 얼굴이 참혹하게 일그러졌다. 그리고 시선은 다시 단문영에게로. 이런 상황을 예견한 단문영은…….

여전히 담담한 얼굴이었다.

*　　　*　　　*

예언인가?

"어떻게 알았지?"

"보았습니다."

남궁유청의 질문에 단문영은 역시 담담한 어조로 대답했
다.

"훗날 일어날 일을 미리 안다는 건가?"

"아니요……."

이 질문에 대답하는 단문영의 눈빛은 착 가라앉았다.

"상단을 연 이후… 어느 순간부터 느낄 수 있게 되었습니
다. 당시에는 어려 제 의지와는 무관하게 갑작스럽게 받아들
이곤 했지요. 그때는 어려 무엇을 뜻하는 건지 하나도 알 수
없었습니다. 시꺼먼 어둠이 느껴지는가 하면, 밝은 빛이 느껴
질 때도 있었습니다. 선홍색 피가 튈 때가 있어서… 지금처럼
사신의 낫이 보일 때도 있었습니다."

"……."

사신의 낫.

어떤 형태인지 대충 예상이 갔다. 단문영은 그런 것을 받아
들이고 있었다. 하지만 이게… 좋은 일이라고 볼 수만은 없는
무린이었다.

'내 의사와는 상관없이… 누군가가 죽는다는 것을 깨닫는

다. 차라리 혼심과 마찬가지로 저주에 가까워.'

지극히 열린 상단은, 반드시 좋은 것만 전해주지 않는다.

개개인의 특성에 따라 달라도 너무 다른 공능을 보여주는 것 같았다. 얘기를 들어보니 단문영은 상단전을 개방한 이후 바로 느꼈다고 했다.

무린도 상단전을 열었지만… 그런 것은 느끼지 않는다. 기감이 극히 예민해지고, 가끔 어떠한 특정 예감 정도를 느낄 뿐이지, 결코 단문영처럼 예언에 가까운 정보를 얻지는 않는다.

"느꼈습니다. 마녀를 비천대주와 함께 만났을 때… 제가 '비천대주와 해야 할 일이 있구나' 라는 그런 형언할 수 없는 것을 느꼈습니다."

"……."

단문영이 예전에 무린에게 했던 말이다. 그걸 그대로 남궁유청에게 다시 말했다. 그 말에 절로 미간을 찌푸리는 남궁유청이었다.

이미 단문영이 어떤 여인인지, 어떤 것을 느끼는지 실제로 체감을 했다. 단순히 변명이라고 볼 수도 있지만 남궁유청이 변명과 진실을 분간 못할 사람도 아니었다.

하지만 인정하고 싶지 않은 것이다.

만독문의 직계.

관계가 없다 하더라도, 이미 마도라는 것 자체가 충분히 이유가 되기 때문에 저 목을 쳐 날리고 싶은 남궁유청이었다.

그렇게 해서 딸아이의 원통함을 조금이라도 풀어주고 싶은 게 남궁유청의 지금 이 순간의 마음이었다.

우득.

빠지직!

남궁유청의 손이 올라가 있던 부분에 금이 쩍하고 갔다. 손에 응집된, 울분 가득한 내기가 그대로 탁자를 쪼갠 것이다.

거미줄처럼 실금이 쩍하고 갈라진 탁자가 위태롭게 흔들렸다.

그 모습이 마치 이러지도 저러지도 못하는 남궁유청의 마음을 대변하고 있는 것 같았다. 아니, 필히 그러고 있을 것이다.

"……."

"……."

돌아가는 상황이 너무나 복잡하다 보니 비천대의 조장들은 모두들 꿀 먹은 벙어리마냥 입을 열지 못했다.

전투를 앞둔 압박 가득한 긴장감보다 더욱 무거운 긴장감이 장내에 흘렀다.

그 침묵을 깬 건 관평이었다.

"형님은 저 여인이 옆에 있어도 괜찮으십니까?"

"어쩔 수 없다… 라고밖에 말 못하겠군."

무린답지 않게 대답을 회피하고 있었다.

하지만 이 부분은 무린도 어떻게 방법이 없었다. 저 여인은
무린의 삶을, 투쟁을 옆에서 보기를 원하고 있었다.

열린 상단전으로 받아들이는 그녀만의 천명. 그것도 이유
지만, 그와 버금가는 이유가 바로 옆에서 무린을 보기 위함이
다.

심경의 변화가 왔기에 만남이 이루어졌고, 그 같은 말을 처
음에 분명히 했었다. 지금도 변하지 않았을 것이다.

두 가지의 이유가 단문영에게 있었고, 그 둘 다 진심이었
다.

즉, 여기서 단문영을 내칠 수 있는 사람도, 방법도 지금은
아예 전무하다는 소리였다.

"대주께서 여기까지 데리고 왔다는 건 이미 일행으로 받아
들이기로 결정한 것 같은데, 아닙니까?"

관평의 질문에 무린은 고개를 끄덕였다.

예전에도 말했다시피 단문영의 존재는 무린에게도 아주
거슬렸다. 그럴 수밖에 없는 게 마음을 읽고, 더불어 목줄까
지 쥐고 있으니 거슬리는 정도가 아니라 아주 눈에 가시라고

해도 좋을 정도였다.

하지만 반대로 단문영이 아군이 되어준다면 이득이 되는 것도 분명히 존재한다.

"그래, 받아들일 생각이다. 내게 턱 밑 비수가 되는 존재긴 하지만, 단문영을 아군으로 받아들임으로써 우리가 얻는 이득도 분명히 존재한다."

"이득이라… 어떤 이득을 말하는가?"

남궁유청의 되물음에 무린은 차분히 그 이유를 설명했다.

"일단, 단문영이 이곳에 있음을 적에게 천천히 알림으로써 적들 사이의 균열을 야기시킬 수 있습니다."

"흐음……."

그냥 일반문도도 아닌 만독문의 직계가 이곳에 있다.

거기에 힘을 보태고 있다는 것은 만독문 자체에도 혼란을 줄 것이다. 내친 자식이 아니기 때문이다.

단문영의 손으로 직접, 적에게 타격을 준다면?

그렇다면 그 분노와 울분이 향하는 곳은 고스란히 만독문이다. 의심, 대립이 생길 것이고 그것은 그들 사이에서 서서히 생겨나는 균열이 될 것이다.

"두 번째는 만독문의 독을 구할 수 있습니다."

"……."

남궁유청의 얼굴이 미세하게 찌푸려졌다.

천하제일가에서도 알아주는 검수인 그가 독을 좋아할 리가 없었다. 물론 인정하지 않는 건 아니다.

오대세가에는 사천당가가 버젓이 존재하기 때문이다.

그렇기 때문에 독이란 것 자체는 인정한다. 하지만 인정할 뿐이지, 좋아하지는 않는 남궁유청이었다.

"어르신의 마음은 압니다만, 저희는 비천대입니다. 전장에서 독은……."

무린의 뒷말이 좀 길어지자, 갈충이 냉큼 받았다.

"없어서 못쓰지. 킬킬."

그의 웃음은 비릿했다.

독.

그리고 암기.

누가 보기에는 저급하다 할지 모르지만, 이것 또한 말했다시피 전장에서 암기와 독은 잘만 쓰면 자신의 구명줄이 된다.

물론, 잘 써야 된다는 전제가 붙긴 하지만 독을 바른 암기를 날리는 것은 그렇게 어려운 게 아니었다.

어떤 상황에 도움이 될까?

"언제였더라? 네놈이 싸우다 넘어졌는데 북원병 하나가 도를 내려치려 하더군. 그래서 나도 모르게 마비산이 묻은 암기를 날렸지. 덕분에 목숨을 살렸지. 그렇지 않은가? 제종?"

"크, 기억나는군."

둘의 대화에서 알 수 있듯이, 바로 저러한 상황들이다.

전장에서 애용하는 독은 결코 효과가 천천히 나오는 종류가 아니다. 즉각적으로 나오는, 맞는 즉시 온몸이 굳어버리는 그런 즉시 효과의 독을 선호했다.

무린은 둘의 대화를 뒤로 하고 단문영에게 물었다.

"만들 수 있나?"

끄덕.

고개를 끄덕임과 동시에 단문영의 붉은 입술이 열렸다.

"재료만 있다면… 맞는 즉시 마비시키는 독도 만들 수 있어요."

즉시 효과가 나오는 것도 만들 수 있다는 말에 무린은 고개를 끄덕였다.

"좋군."

마비독이 준비되면, 비천대 전부가 독이 묻은 비수를 장착할 것이다. 그리고 그 독을 전장에 하독한다면…….

일반 북원의 군세 따위는 모조리 쓸어버릴 수도 있을 것이다.

"대량으로 만들 수도 있소?"

"……"

갈충의 질문에 이번에도 단문영은 고개를 끄덕였다.

킬, 킬킬킬.

갈충이 역시나 비릿함 웃음을 흘리더니 다시 말했다.

"역린인줄 알았는데, 이거, 복덩이였군. 킬킬."

"……"

무린은 남궁유청을 바라봤다.

그리고 조용한 어조로 말했다.

"지금은 전쟁 중입니다. 어르신의 분노는… 잠시 덮어두셔야겠습니다."

"후우……"

깊은 한숨을 쉬는 남궁유청의 행동은 이미 무린의 말을 받아들인 것과 다름이 없었다.

"화제를 다시 앞으로 돌리지. 마녀… 후우, 긴말하지 않겠다. 싸울 텐가?"

무린의 말에 비천대의 조장들은 낯빛을 바로 굳혔다.

초현실적인 존재다.

믿고 안 믿고를 떠나 싸운다고 해서 이길 수 있을까?

"으음……"

"흠……"

무린은 그들의 고민을 이해했다.

어차피 자신도 그랬으니까.

"어차피 참천 안 해봐야… 칼날은 날아온다. 마녀는 무예를 익힌 자들은 아예 씨를 말려버릴 생각이니까."

이게 가장 중요한 일이다.

즉, 아무런 잘못도 없는 사람들이 수두룩하게 죽어나갈 수 있다는 말이기 때문이다. 아무리 봐도 인의에서 어긋나도 한참이나 어긋난 짓을 저지르려 하고 있는 마녀를 무린은 이제는 막아야 한다라고 생각하고 있었다.

이 땅에, 이 넓고, 무수히 큰 땅에, 무예를 익힌 자가 얼마나 될까?

만? 십만?

넘을 것이다. 아마.

군은 말할 것도 없고 무관과 문파를 합치면 상상을 초월할 것이다.

정말… 어마어마한 숫자가 나올 것이다.

마녀는 그만큼이나 사람들을 죽이려 하고 있다. 그때까지는 남은 오 년. 무린은 어차피 당할 거라면 자신도 참전해서 최대한 막아야 하는 게 옳다… 라고 생각했다.

소향을 떠나, 오면서 정리한 생각이 바로 그랬다.

"대주는 참전합니까?"

윤복이 물어왔다.

무린은 망설임 없이 고개를 끄덕였다.

"그래. 나는 앉은 자리서 칼을 맞을 생각은 없다."

무린의 답에 파핫! 하고 태산이 웃음을 터뜨렸다.

"하하, 그것도 그렇군요. 어차피 맞을 칼날이라면… 맞기 전에 한 대라도 때려 보는 게 좋겠습니다."

시원시원한 대답이었다.

"그것도 그렇군. 아무것도 못하고 모가지를 내주는 것만큼 짜증나는 일도 없지. 좋아. 나도 참천하지."

"제종 형의 말에 나도 동감하니 참천토록 하지."

가장 나이가 많은 조장들인 제종과 마예가 그렇게 대답하자 그 부터는 주르륵 똑같은 행동들이 이어졌다.

무린은 남궁유청에게는 묻지 않았다.

그는 남궁세가의 인물이다.

그때는 아마 세가와 같이 할 것이기 때문이다.

"좋아. 그럼 각 조장들이 조원에게 전달하고, 떠날 사람과 남을 사람을 정리해라. 물론 잡지도 않을 것이고, 떠난 다고 서운치도 않게 생각한다고 꼭 전하고."

무린의 말에 조장들 전부가 자리에서 일어났다.

그리고 밖으로 나가자 어느새 텅 비어버린 객청에는 무린과 남궁유청, 그리고 단문영만이 남아 있었다.

"바로 다시 전장으로 떠날 생각인가?"

"아닙니다. 이곳에서 따로 준비할 게 있습니다. 한 달 정도 정비를 다시 하고 돌아갈 생각입니다."

"무슨 준비 말인가?"

"더 이상 희생자가 안 나게… 전투력을 올릴 생각입니다. 무장도 최대한 다시 할 생각이고, 진형도 다시 고칠 겁니다."

"그런가. 알겠네."

남궁유청은 그 후 자리에서 일어나 휘적휘적 걸어 나갔다. 예전에는 꼿꼿한 걸음걸이였는데, 지금은 상당히 자유로워진 걸음걸이였다.

아마도 이곳 비천대의 분위기에 남궁유청도 조금은 동화된 것 같았다.

"후우……."

남궁유청이 나가자 이번엔 단문영의 한숨 소리가 흘러나왔다. 폐부가득한 곳에서 나오는, 아주 무겁지만 홀가분한 느낌이 가득한 한숨이었다.

"긴장했었나?"

무린이 힐끗 보고 질문을 던지자, 단문영이 찌릿! 하고 눈초리를 쏘아 보내며 대답했다.

"그럼요. 저도 사람이에요. 긴장 안 할 리가 있겠어요?"

"하긴, 천하의 창천유검의 앞이었으니."

"그 별호는 이제 버려야겠던데요?"

단문영은 그렇게 말하고 일어나 무린의 옆자리로 걸어와 앉았다. 그런 단문영의 행동은 지극히 자연스러워 무린은 제지를 할 생각도 못했다.

"별호처럼 부드러울 거라 생각했는데, 오늘 보니 아주 잘 벼려진 예검(銳劍)을 보는 느낌이 들었어요."

"전쟁 탓이지. 원한과 분노 탓이고."

"여기저기 피해자가 수두룩하네요……."

다시금 단문영의 입에서 한숨이 흘러나왔다.

나, 자신의 탓은 하나도 없다고 생각지 않는 단문영이기에 나온 행동이었다. 남궁유청의 딸이 죽인 것은 분명 혈사대다.

그러나 혈사대는 마도육가의 일익이고, 만독문 또한 마도육가의 일익이다. 전쟁이 터지지 않았다면 그 원인은 고스란히 혈사대가 책임졌겠지만, 마도육가가 전쟁을 터뜨리는 바람에 만독문도 그 책임을 피할 수 없다.

또한 단문영은 만독문의 직계이기에 그 책임에서 자유로울 수 없는 것이고.

그러한 부분을 정확히 인지하고 있는 단문영이었다.

"어떻게 갚을 생각이지?"

책임이 있다면 갚는 것이 당연한 일이다.

무린이 묻자 단문영의 눈빛이 다시금 차분히 가라앉았다.

"아직은 모르겠어요."

"모른다고 해결될 일이 아니야."

"누가 안 하겠다 했나요?"

조금은 날카로운 목소리였다.

그러나 무린은 그런 목소리에 아랑곳하지 않았다.

"지켜볼 생각이다. 나 또한."

"뭐라고요?"

"네가 나를 지켜본다고 했듯이, 나 또한 너를 지켜볼 생각
이다."

"……."

무린은 자신을 차분한 눈동자로 직시하는 단문영의 눈빛
을 피하지 않았다. 담담하게 맞받아쳤다.

"생각해 보니 칼자루는 너와 나, 둘이 나눠지고 있더군. 어
차피 서로의 목숨을 위협하는 상황은 이제 끝나지 않았나? 네
가 말했던 천명을 거론해 보자. 나도 너와 함께 해야 할 일이
무엇인지, 지켜보고 찾을 생각이다. 막연하게가 아닌, 나의
기준에 맞춰서 찾을 것이다."

"인정하는… 건가요?"

"그래, 돌아가는 상황이 이러니, 인정하지 않을 도리가 있
나. 다만, 약속 하나만 해라."

"뭐를요?"

"또 무엇인가를 느낀다면…… 내게 지체 없이 말해다오."

"훗, 그래요."

무린은 깔끔히 인정하기로 했다.

단문영.

이제는 존재를 인정하고 옆에 두겠다고.

단문영이 느꼈던 같이 해야 할 일도, 이제는 찾아보겠다고.

"좋아. 그럼 쉬도록."

"……."

대답하지 않는 단문영을 뒤로 하고 무린은 밖으로 나왔다.

이미 모두가 모여 있었다.

하얀 옷.

전우 하나가 다시 저승의 강을 건넜기에 모두가 하얗게 복장을 통일하고 있었다. 고비라더니, 결국 넘지 못한 모양이었다.

무린은 앞에 조장들을 바라봤다.

"……."

"……."

무린의 눈빛을 받은 모든 조장이 고개를 끄덕였다.

그건 곧 이들이 무린의 이야기에 수긍을 했고, 같이 하기로 뜻을 모았다는 뜻. 그에 무린도 고개를 마주 끄덕였고, 중앙의 길을 따라 앞으로 걸었다.

다시… 산을 올라야 한다.

관평의 조였나?

어느새 준비했는지, 관 하나가 눈에 보였다.

멈칫.

걸음을 멈춘 무린은 가만히 관을 바라봤다.

그러나 무린은 흔들리지 않았다.

자신은 비천대의 대주.

이들의 대장이다.

"가자."

재회한지 얼마 되지 않아, 무린은 또다시 전우 하나를 보냈다.

第九十章

준비(準備)

귀환병사

다음 날, 비천대의 하루는 이른 시각부터 시작됐다.

예전에 문인이 비천대에게 따로 우연찮게 얻은 심법을 전수했다고 했다. 그 때문인지 새벽, 기운이 가장 왕성하고 순수한 시간에 비천대는 전부 장원 곳곳에 자리를 잡고 심법의 연마에 들어갔다.

"음……."

그러나 그걸 보는 무린의 눈빛은 썩 석연치 않아 보였다.

"왜 그러십니까?"

관평이 옆에 서서 비천대를 보며 무린에게 물었다. 관평 외에도 관평과 조에 속한 비천대 여럿이 심법을 운용하지 않고 주변을 경계하고 있었다.

가장 취약하고 위험한 순간이니 이렇게 비천대가 돌아가면서 엄호를 서고 있었다. 그런 비천대의 행동에 무린은 고개를 끄덕이고 대답했다.

"이걸로는 부족하다는 생각이 든다."

"후우, 그래도 어쩔 수 없습니다. 단 시간 내에 강해지는 방법은 없습니다. 저번처럼 영약을 먹는다고 해도 아마 한계가 있을 겁니다."

"……."

무린은 대답 대신 품에서 장무개가 주었던 서책을 꺼내 관평에게 건넸다. 관평은 그 서책을 의문스러운 눈빛으로 보더니 펼쳤다. 아직 해가 뜨지 않아 어둡지만 이 정도의 어둠은 이제 일류를 넘어 절정의 초입에 도달한 관평에게는 아무런 장애도 되질 못했다.

"개방의 사람을 만났다. 그가 건네준 서책이다. 아니, 전법서라고 보는 게 맞겠지."

"개방… 알겠습니다. 조장들에게 전부 돌려 숙지시키겠습니다."

"사시 초까지 전부 확인하고, 모이라고 전해라."

"알겠습니다."

무린은 대답을 뒤로 하고 다시 안으로 들어갔다.

자신의 방 앞 마루에 자리를 잡은 무린은 조용히 내면의 관조에 들어갔다. 비단 비천대만이 준비가 필요한 것은 아니었다.

무린은 현재 뼈저리게 느끼고 있었다.

'내가, 내가 보다 강해져야 한다.'

지금의 무린은 충분히 강하다.

그 누구도 무시할 수 없는 무력을 정말 단 시간 안에 쌓았고, 그걸 전부 제대로 소화해서 자신의 것으로 만들었다.

역경과 고난. 생사의 혈투로 인한 성장이었다.

하지만 그럼에도 무린은 지금 자신의 쌓은 무력으로는 결코 만족해서는 안 된다는 것을 깨달았다.

'육체의 수련은 이제 의미가 없다. 이미 최상의 몸이야. 삼륜공. 남은 한 달간은 삼륜공의 성장을 최우선으로 한다.'

관조라는 것은 사실 어렵다.

자기 자신을 돌아볼 줄 알아야 하고, 조금의 부족함이나 더함도 없이 볼 줄 알아야 했다. 지극히 냉철한 심성이 필요하단 소리다.

다행히 무린은 뜨겁지만 차갑다.

극히 자신을 돌아볼 줄 아는 무인이 바로 무린이었다.

'일륜. 이제 성장할 만큼 성장했다는 건가. 더 이상 커지지 않고 있어.'

지금의 일륜은 하단전을 가득 매우고 있었다.

빵빵하게 들이차서 밥을 안 먹어도 포만감이 느껴질 정도로 이미 성장한 일륜은, 무린이 의식하자마자 서서히 회전하기 시작했다.

웅웅. 진동하면서 도는 일륜은 그 무엇이든 막을 수 있는 위용을 내뿜었다. 하지만 무린은 이미 다른 영역을 봐버린 상태.

'못 막아. 마녀의 일 수도 막지 못한다.'

무린의 머릿속에 환상이 펼쳐졌다.

마녀가 눈앞에 있다.

무린을 죽이려 한다.

공격으로 손짓 한 번.

위에서 아래로.

아주 가볍게 내리긋는다.

무린은 일륜을 최대한 끌어 올리고 막는다.

결과는?

'……'

아무런 생각도 못하는 것처럼, 참패다.

산산조각 난 우윳빛 바퀴잔해가 보인다.

더불어 걸레가 되어 비참하게 쓰러진 무린, 자신의 모습도 보였다.

'못 견뎌. 절대 못 견딘다.'

마녀의 손짓이 무슨 삼라만상의 모든 조화를 담아서 못 막는 게 아니다. 그냥 못 막는 거다. 너무 강해서, 무린이 막을 수 있는 영역을 아득히 초월해 버려서. 그래서 못 막는 것이다.

무린은 그걸 확실하게 깨달았다.

'상단전이 나는 다른 쪽으로 발전했군.'

단문영과는 비슷하지만, 길은 분명히 다르게 발전한 무린의 육감이었다. 단문영은 쉽게 말하자면 정보를 얻는 쪽이다. 그 정보의 출신지는 아득히 다른 곳.

하늘이라고 해야 할까?

무린은 의문을 구체화시킨다.

자신이 느낀, 알고 있는 여러 가지 현실적인 정보를 조합해서 해답을 내놓는다. 그것은 유추가 아닌, 거의 정답으로 이루어진다.

무린은 다시 의식을 처음으로 되돌렸다.

'목표를 잡아야 해.'

강해지기 위해서는 목표가 필요하다.

무린은 전역 후 중천을 만나고 무인이 되고자 했을 때, 가

준비(準備) 75

장 처음으로 목표로 잡은 게 바로 중천이었다.

그를 목표로 삼고, 뼈를 깎는 노력을 했었다.

지금도 마찬가지다.

'마녀.'

무린은 마녀를 목표로 잡았다.

적이다.

이미 그녀는 대놓고 무린에게 적의를 보였다. 물론 작은 아량을 베풀어주기는 했다. 김연호와 연경의 목숨이 그 작은 아량이다.

물론 무린의 입장에서는 굉장히 큰 아량이기도 했다.

하지만 그렇기에 목표로 삼아야 했다.

죽이지 못하면, 무린 본인이 죽는다는 걸 철저히 인식했기 때문이다.

'일단은 일격. 단 일격을 목표로 삼자.'

환상 속에서도 보았듯이, 무린은 현재 마녀의 일격조차 감당할 자신이 없었다. 그건 속으로 겁을 먹은 게 아니라. 엄연한 현실을 본 것이다.

무린은 그렇게 목표를 정하는데 부끄러워하지 않았다.

'애초에… 다른 영역의 인간이다.'

도대체 어떻게 그런 인간이 있는지, 도무지 의문이 풀리지는 않지만 이 세상의 모든 것을 다 알고 있지 않기에 그런 의

문조차 접었다.

'일격, 막으려면… 어떻게 해야 될까.'

어떻게 막아야 하지?

생각해 보지만 역시나 답이 금방 나오질 않았다. 자신이 아는 모든 것을 무린은 총동원해서, 막을 방법을 생각해 보지만 전혀 감이 잡히지 않는 것이다.

'미치겠군.'

무린은 넓게 판을 보고 있었다.

단지, 이번 전쟁만 무사하게가 아닌, 마녀를 목표로 삼아 강해지면 그 안에서 이미 무린이 해결해야 될 것들을 할 수 있는데 필요한 무력을 얻을 수 있다 생각했다.

그 대표적인 게 역시 어머니의 일이다.

마녀의 일격을 막는다면, 무린은 남궁세가를 대문부터 쪼개고 들어갈 수 있다고 생각했다. 중천은 물론 창천검왕 그조차 무린의 상대가 되지 않을 것이라 생각했다.

전대의 검왕인 남궁무원이 나서지 않는다면 결코 무린에게 해를 입을 수 있는 무인은 남궁세가에 존재하지 않을 것이다.

물론 그게 남궁세가의 전부는 아니다.

창천대, 창궁대, 그리고 철검대가 있다. 그 외에도 수많은 남궁세가의 출신 무인들이 존재할 것이다.

비천대로만은 상대할 수 없는 것이 현실임은 분명하다.

그러나… 그래도 무린은 자신 있었다.

굳이 남궁세가 전체를 상대하지 않아도 어머니를 모실 방법은 분명히 있었다. 거기다가 이미 남궁세가는 무린에게 큰 은혜를 입었다.

소가주인 중천의 목숨이다.

그와 몇 개를 덧붙이면 제대로 된 협상이 가능할 것이고, 원하는 걸 얻을 수 있을 것이다.

'하지만 그것도 마녀의 일격을 견딜 무력을 만들고 나서지.'

물론 갖춰야 할 것도 있다.

그러나 무린은 조급해하지 않기로 했다.

한 달.

짧다면 짧은 시간이지만 길다면 또 긴 시간이 아닌가.

"후우……."

깊은 숨을 내쉬고, 눈을 뜬 무린은 피식 웃고 말았다.

결국에 관조를 해서 얻은 것은 마녀의 일격도 못 당한다가 전부였다. 생각이 계속 딴 곳을 흐른 것이다.

관조라고 할 수도 없었다.

하지만 무린은 이걸 나쁘게 생각하지 않았다.

뭐, 어떤가?

상황이 충분히 정리가 되었으니 그것으로도 나름 얻은 것은 있다고 생각했다.

저 멀리, 해가 떠오르고 있었다.

하나둘 운기를 마치고 들어오는 비천대의 모습도 보였다.

끼익.

옆방의 문이 열리며 단문영이 나왔다. 아침이라 약간 부수수한 몰골이지만, 마당으로 나와 햇빛을 받는 단문영은 역시나 충분히 아름다웠다.

들어오던 비천대가 힐끔힐끔 쳐다볼 정도였다.

"관조는 끝났나요?"

"……"

눈살이 찌푸려지는 무린.

그런 무린에게 단문영이 다시 말했다.

"그렇게 보지 말아요. 엿본 것은 아니니까. 누구라도 그러고 있으면 그렇게 생각할 거예요."

"운기일 수도 있다."

"운기라고 하기에는 너무 차분해서요."

"흠, 그것도 그렇군."

운기와 관조는 엄연히 다르다.

그 차이 또한 날 수밖에 없다.

떠오르는 해를 보며 불쑥 말하는 단문영.

"평화롭네요……."

"……"

무린도 덩달아 해를 바라봤다.

그랬다.

떠오르는 해는 충분히 평화롭게 보였다.

하지만 무린도, 단문영도 알 것이다.

이게 한시적인 평화임을.

"……"

"……"

그렇기에 두 사람은 이른 아침부터 우울한 감정을 맛봐야
했다. 그래도 무린은 단문영을 책망하지 않았다.

*   *   *

조식을 치루고 비천대의 수뇌부는 다시금 회의에 돌입했
다. 훈련을 들어가기에 앞서 정해야 할 게 있었기 때문이
다.

"책을 모두 보았을 것이다."

무린의 가벼운 말에 모두가 고개를 끄덕였다. 숙지를 했다
는 소리에 무린은 자신이 생각한 바를 말했다.

"나는 여기서 한 달간 준비를 할 생각이다. 길면 긴 시간 이지만, 짧다면 매우 짧은 시간이다. 그래서 각자의 개인수 련 말고 단체수련은 서책의 첫 번째 나와 있던 진으로 결정 했다."

"기본적으로 추형진과 비슷하던 진법 말이군."

백면의 말에 무린은 고개를 끄덕였다.

"그래, 추형진이지. 막강한 속도와 파괴력을 앞세워 적을 반 토막으로 쪼개고 각개격파에 아주 특화된 진법이지."

"하지만 간파당하기 쉽고, 제대로 못 따라오고 훈련도가 낮으면 곧바로 포위당하기 십상이오."

"그래, 하지만 이 추형진은 봤다시피 다르다. 일반 기병이 라면 모 아니면 도의 진법이지만, 우리가 쓴다면 다르지."

"후후, 그건 인정하오."

추형진은 다른 말로 쇄기진이라고도 한다. 선두를 앞세워 삼각형, 뾰족한 송곳을 연상시키는 집단을 이루어 돌격, 선두 의 무력을 앞세워 충격을 최소화하고, 반으로 적의 진을 쪼갠 다. 그리고 그대로 돌파 후 쪼개진 적의 후방을 때리거나, 그 대로 양방향으로 흩어져 적을 포위, 섬멸하는 게 추형진의 장 점이다.

하지만 반대로 적이 그대로 길을 열어 포위를 해버리기도 쉽고, 훈련도가 낮아 중앙부터 후미까지가 선두를 따라오지 못하면 반대로 각개격파 당할 가능성도 높아 모 아니면 도의 진법이라 불린다.

그러나 그건 일반적인 군의 기병에서나 나오는 장점과 단점이다.

이 진법을 비천대가 취하게 될 경우, 완전히 달라지게 된다.

일단, 가장 큰 장점은 무린이 합류를 했다는 점이다.

"우리는 추형진을 두 개의 부대로 나눈다. 일진과 이진으로 나누고 각각의 선두에는 나와 백면이 선다. 이의 있는 사람."

"흠……."

"으음……."

무린의 말에 모두가 깊게 생각에 빠졌다.

스윽.

관평의 손이 올라갔다.

"저희는 이제 이백도 채 안 됩니다. 너무 무리하는 게 아닌지 걱정이 됩니다."

관평의 조심스러운 말에 무린은 고개를 끄덕였다.

맞는 말이다.

악마기병에게 박살이 난 이후 비천대는 이제 네 개조, 채 이백도 되질 않았다. 정확한 대원의 수는 백 하고 구십팔 명.

물론 무린까지 포함한 숫자다.

"맞다. 둘로 나누기에는 부담스러운 숫자다. 하지만 그렇기에 나눠야 한다. 추행진의 약점을 최대한 상쇄시키려면 그 방법밖에 없다. 선두가 때리고, 그 후 이진의 행동이 결정되어야 해. 구출이든, 아니면 도와서 완벽하게 적을 쪼개던지."

"적의 병력이 많으면? 이 숫자로 오백 단위까지는 몰라도 천이 넘어가면 힘들 텐데?"

마예의 말이었다.

기병전술에는 조예가 이 중에서 가장 높은 마예의 말이라 무린은 인정했다. 그리고 사실 무린도 생각하고 있던 부분이기도 했다.

하지만 방법은 있다.

"우린 철저하게, 소수의 부대만 공략한다."

"흐음… 그렇다면 표적은 보급부대가 되겠군."

갈충의 말이었다.

그는 무린의 말에서 이미 대략적인 그림을 그린 것 같았다.

"하지만 그것도 한계가 있을 것이오. 북원이나 마도육가가 바보가 아닌 이상 몇 번 당하면 분명히 보급부대에 호위 병력을 점차 많이 배치할 테니까 말이오."

"그렇겠지. 하지만 천 이상은 쉽게 운용하지 못해. 그렇게 하면 전선에도 무리가 올 테니까. 북원이나 마도육가의 최대 약점은 병력이다. 그들은 강해도 수로 따지면 그리 많지 않아. 반대로 명군은 엄청나게 많지. 오대세가도 마찬가지고. 그렇게 약점을 노출시키면 분명히 명군과 오대세가가 움직일 것이다. 바타르나 아므라도 그건 잘 알 것이다. 그러니 호위 병력의 배치는 많아야 천은 힘들겠지."

무린의 긴 설명에 모두가 고개를 끄덕였다.

맞는 말이다.

북원의 병력은 모두가 정예라고 볼 수 있다.

강성한 체력과, 막강한 개인 전투력을 보유하고 있지만 수는 그리 많지 않다. 쉽게 말해 소수정예군단이란 것이다.

아마 명군의 반에 반도 안 될 것이다.

다만 그래도 비슷한 전력으로 전선을 유지하고 있는 건 명나라의 땅 덩어리가 워낙에 커서 그곳을 지키는 병력이 제외됐기 때문이다.

"대주의 말이 맞다. 북원은 보급부대에 천 이상은 절대 배치 못할 거야."

갈충이 무린의 말에 힘을 실어줬다.

가장 친한 전우이자 친우인 제종이 갈충에게 그 이유를 물었다.

"왜지?"

"산동, 하남, 안휘의 각 성에서 정병 이만씩이 소집되었다. 도합 육만. 그들을 이끄는 장군은 호언량. 지금 전선으로 향하고 있지. 어제 들어온 정보다."

"호언량 장군이? 그렇다면 북원도 긴장하겠군."

"긴장뿐인가? 사활을 걸어야 할 거야. 킬킬."

장군 호언량.

그는 젊지만 매우, 아주 유능한 장군이다.

장군이 되기 위해 태어난 자.

그게 호언량이다.

해군 제독부터 시작해서 육군의 장군까지 올랐다.

지금은 오호도독부 소속이고, 특수한 일에만 군을 이끄는 그야말로 특별, 특수한 인물이다. 여태껏, 단 한 번의 패배도 허락하지 않은 장군이기도 하다.

북원의 전쟁도 참전했었고, 무린이 속해 있던 부대를 이끌기도 했었다.

"호재로군."

무린은 처음 들었지만, 입가에 미소가 지어지는 걸 참지 못했다. 갈충의 말이 사실이라면 북원은 이제 절대로 병력을 뒤로 뺄 여력이 없게 될 것이다.

"북원의 마지막 보루인 군신이 있지만, 군신은 그야말로 마지막 패. 전쟁의 승패가 갈라질 상황에나 등장하겠지."

갈충의 말에 모두의 얼굴이 살짝 굳었다.

북방에 있었던 자는 모두가 아는 이름, 군신.

이름?

모른다.

그저 군신이라 불릴 뿐이다.

심지어 이곳에서 군신을 직접 본 사람은 아무도 없다. 하지만 그게 정상이어야 한다. 군신과 만났다면, 이미 저승 땅을 밟고 있을 테니까.

만나지 않았으니 이곳에 이들이 있다. 이렇게 볼 수 있었다.

"작정하고 때릴 수 있겠군. 좋아. 흐흐, 잘 됐군. 잘 됐어……."

여태껏 조용했던 장팔의 말이었다.

사실 그는 악마기병과의 대전 이후, 상당한 충격을 먹은 상태였다. 관평과 마찬가지로 선덕제가 하사한 영약 덕분에 절정의 초입에 들어서는데 성공한 장팔이었다.

하지만 처참하게 깨졌다.

얼마나 처참하게 깨졌냐면, 본인은 그 격돌에서 상처를 입었는데, 자신이 적에게 낸 상처는 하나도 없었다.

그런 사실이 장팔의 자존심에 크나큰 타격을 가했다. 원래가 호탕한 장팔이다. 그런 그가 여태껏 말이 없었다는 게 그러한 사실을 증명했다.

무린은 상황을 정리했다.

"좋아, 오늘과 내일은 진법의 최종점검에 들어간다. 필요한 것은 더하고, 불필요하면 과감히 빼버리자. 훈련은 모레부터 시작하자."

끄덕.

여기저기서 무린의 말에 고개를 끄덕였다.

말했듯이 장무개가 준 서책에는 특별한 게 담겨 있는 게 아니었다. 다만 본래 진법들이 가지고 있던 약점을 최대한 보완하는 방법이 적혀 있을 뿐이었다.

기본 십팔반무예도 적혀 있지만 무린은 그건 건너뛰었다.

이미 비천대는 실전에 최적화된 자신만의 살인 무예를 익히고 있었다. 아니, 무예가 아니고 기예(技藝)라고 봐도 좋을 것이다.

그런 그들에게 다른 것을 전수하는 건 본래의 기예에 혼란만 줄 뿐이다. 그렇게 되면 손발이 오히려 어지러워지고, 본신 실력이 퇴화할 수도 있다는 판단을 내린 무린이었다.

그래서 과감히 그 부분은 생략했다.

개인수련은 비천대 개인에게 온전히 맡기고, 전법 훈련만
제대로 마칠 생각인 무린이었다.

"오전은 일단 여기까지. 각자 시간을 갖고 전법에 보완, 약
점을 생각해서 저녁에 다시 모인다. 이상."

그 말을 끝으로 오전 회의는 파했다. 비천대의 모든 조장이
나가고, 다시 혼자 남은 무린은 사색에 잠겼다.

"……."

후우…….

깊은 한숨이 흘러나왔다.

무린은 복수를 다짐했고, 그에 따라 막중한 책임감도 느끼
고 있었다. 두 어깨에 쌓인 영혼의 무게가 너무 무거워 절로
처질 지경이었다.

그래도 무린은 힘을 냈다.

"나약해지지 말자."

언제나 강해지자.

매번 하는 다짐을 무린은 오늘도 했다.

"앞으로 한 달."

최대한, 최대한 강해져야 한다.

한 달이 지나면 개인시간과 전법을 수련할 시간은 아마 없
을 것이다. 매일이 피의 연속이고, 항상 말 위에서 달리고, 또
달려야 할 것이다.

그러니 이 한 달 안에 모든 걸 해결해야 했다.

"한 발자국. 한 걸음."

일보, 일보씩 내딛는 걸 목표로 잡았다.

그걸 굳이 입으로 내뱉는 건 무린은 다시금 명확히 머릿속에 각인을 시키기 위함이었다. 마지막으로 나간 사람이 문을 닫는 걸 잊었는지, 잠깐 든 시선 끝으로 대문이 보였다.

그리고 그 문을 막 나서는 단문영도 보였다.

"......"

왜일까.

무린은 자리에서 일어나 단문영의 뒤를 쫓았다.

*   *   *

단문영이 장원을 나서 처음으로 들른 곳은 백두촌에 하나밖에 없는 약재상이었다. 가만히 말려놓은 약재들을 바라보는 단문영의 옆으로 무린은 다가섰다.

무린이 오늘 걸 알고 있었는지 힐끔 무린을 보고는 다시 약재로 눈을 돌렸다. 무린은 그런 단문영을 바라봤다.

평소의 묘한 눈빛은 어딘가로 사라지고 신중하고 또 신중한 눈빛이 자리 잡고 있었다.

만독문은 이름 그대로 독을 다루는 문파다.

그리고 독과 약재는 무린이 알기로는 단 한 끗 차이다.

사용하는 방법에 따라 독이 약이 되고, 약이 독이 되는 것이다. 그러니 단문영의 신중한 모습이 이해도 갔다.

신중히 약재를 관찰하던 단문영이 고개도 돌리지 않고 말했다.

"역시 상태가 좋네요."

"그런가?"

끄덕.

"네, 가문에도 조선에서 수입하는 약재는 상태가 좋았는데, 여기 있는 것들은 현재에서 봐서 그런지 더욱 좋아요. 이 정도의 거의 최상급이에요."

"그렇군. 혹시 금창약이나 내상약도 만들 줄 아나?"

금창약은 베이거나 찢어진, 그런 외상에 사용하는 약이고 내상약은 말 그대로 내상을 입었을 때 복용하는 약이다.

둘 다, 매우 귀하지는 않더라도 충분히 귀하다는 소리를 듣는 약들이었다. 물론, 제대로 만들어진 것들에 한해서다.

질 좋은 내상약은 여벌의 목숨이라고 생각할 정도였다. 단문영이 만들 줄 안다면 분명 아주 큰 도움이 될 터였다.

"그럼요. 물론, 제가 원하는 약재가 전부 있어야 된다는 가정하에지만요."

"……."

무린은 대답하지 않았지만, 고개는 끄덕였다. 만들어 달라고는 아직 하지 않았지만, 이미 질문에서 그 의도가 전부 들어 있었다.

그리고 단문영도 그걸 알았다.

단문영은 계속해서 신중한 눈으로 약재를 살펴봤다. 개중 몇 가지 약재는 품에서 깨끗한 흰 장갑을 꺼내 끼고 조심스럽게 살폈다.

"허허, 젊은 처자가 아주 제대로 볼 줄 아는구먼."

머리가 하얗게 샌 노인이 약재상 안에서 나오며 말했다. 머리까지 하얗게 샜는데, 그 모습이 참으로 자애로워 보였다.

"여기 주인 분 되세요?"

"허허, 그렇다네. 내가 이곳 주인이지."

단문영은 그 말에 살짝 웃었다.

그리소 손에 들고 있던 약재를 조심히 내려놓고 다시 말했다.

"약재 상태들이 다들 너무 좋아요. 직접 관리하셨나요?"

"그렇다네. 여기 있는 약재들은 내 손자가 손질했지만 그래도 내 관리감독을 전부 거친 것들이라네. 젊은 처자께선 그게 왜 궁금하신가?"

그렇게 대답하며 수염을 슬쩍 쓰다듬곤 살짝 웃는데, 그게 정말 인자해 보였다. 품격이 있었다.

그리고 그 품격은 문인이 가진 품격과는 조금 더 부드러운 맛이 있었다.

"저도 약재를 만지는 집안의 딸이라 많이 만져봤거든요. 근데 이렇게 상태가 좋은 걸 보는 건 정말 오랜만이에요."

싱긋 웃는 단문영의 말엔 정말 가벼운 기쁨이 존재하고 있었다. 거짓된 게 아닌, 진심으로 좋아하고 있는 것이다.

"흠, 독초의 냄새도 나는구만. 어디 보자… 산공독도 있고 칠보단혼도 있구만. 산공독은 몰라도 칠보단혼 정도의 독을 다루는 가문은 중원에 단 두 곳뿐이지. 두 곳 중 어디신가?"

주인의 물음에 단문영은 기분 나쁜 미소를 짓지 않았다. 이 정도 나이고, 이 정도 약재를 만들 줄 안다면 단문영의 품에 있는 독을 모른다는 것은 말도 되질 않는다.

그리고 단문영에게서 독초의 향을 맡은 즉시, 두 곳을 유추해 낸 노인이다.

"만독문의 단문영입니다."

"호오, 만독문이라. 단 씨면 직계겠구나."

"네, 어르신."

주인은 흥미롭게 단문영의 소개에 반응했다.

무린은 주인을 자세히 살펴봤다.

내공을 익힌 흔적은 없었다.

'이건… 명인의 기세군.'

눈앞에 백발의 나이 지긋한 주인은 분명 뭔가 있어 보인다. 하지만 이 노인은 결코 무공을 익힌 흔적이 보이지 않았다.

하지만 무린은 그 이유를 곧바로 알아차렸다.

경지에 든 사람들, 무엇이든 한 가지 기예를 극으로 익히면 이렇게 명인이라고 부른다. 노인은 한평생을 약초를 만져왔고, 그 경지가 이제 명인의 발열에 든 것이다.

그래서 태도, 말투, 단순한 행동에도 자연스럽게 기세가 배인 것이다.

"내 약재를 다루는 만큼 당가와 만독문을 모를 수가 없지. 만독문은 마도라더니, 역시 세인의 말은 믿을게 못 되는구나. 이리 심성이 바른 처자가 어찌 마도겠는가. 쯔쯔."

"감사합니다."

혀를 차며 한 노인의 말에 단문영은 진심으로 감사를 담아 인사를 했다. 주인은 그저 단문영의 겉모습과 말투만 듣고 판단하는 게 아닌 것 같았다.

명인에 들 정도로 지혜가 가득한 연륜에서 알아본 것이다.

"그래, 약재상을 찾았다는 건 필요한 게 있다는 뜻일 터지.

찾는 게 무엇인가?'

주인의 말에 단문영은 하나, 하나씩 필요한 약재를 열거하기 시작했다. 주인은 고개를 끄덕이며 단문영의 말을 새겨들었다.

잠시 후, 노인이 다 기억했는지 인자한 미소를 지으며 말했다.

"이틀 후 오시게나. 내 필요한 물건들을 전부 준비해 놓겠네."

"네, 감사합니다."

"무엇을 만들 것인지 예상이 가네. 다만, 내 눈이 틀리지 않다면 처자는 그걸 그릇된 일에 쓰지 않겠지. 그리 믿고 내 준비하겠네."

"잘못을 바로 잡으려는데 쓰려함이니, 어르신은 너무 걱정 마세요."

단문영은 노인의 말에 싱긋 미소를 보이고는 대답했다. 단문영의 대답이 만족스러웠는지 연신 고개를 끄덕이고 있었다.

주인의 배웅을 뒤로 하고 등을 돌려 걸으면서 무린이 물었다.

"필요한 것은 전부 구한건가?"

"아니요. 가장 중요한 게 몇 개 빠졌어요. 다만 그건 제가 직접 구하려고요."

"직접 구한다고?"

"네, 장백산에 오를 생각이에요. 지기와 음기가 강한 곳이니 제가 찾는 게 분명히 있을 거예요."

"오늘 갈 생각인가?"

"그럼요. 한 달밖에 시간이 없잖아요? 재료를 받아 가공하고, 조합하는데도 상당한 시간이 걸려요. 그냥 마구잡이로 섞으면 되는 게 아니거든요. 그러니 오늘부터 꾸준히 산에 올라야 해요."

"오늘은 내가 같이 가주고, 내일부터는 비천대를 붙여주지. 험한 곳일 테니."

"고마워요."

단문영은 거절하지 않았다.

두 사람은 그 후 별 다른 대화를 하지 않고 백두촌을 나섰다. 저 멀리, 우뚝 솟은 산이 보였다.

하지만 말이 멀리 보였지, 사실은 근처였다. 다만 워낙에 산이 높아 멀리 있는 것처럼 보였다. 입구까지는 얼마 걸리지도 않았다.

"으음……."

단문영의 갑자기 신음을 흘렸다.

"왜 그러지?"

"……."

무린이 단문영을 보며 물었다.

아미가 찌푸려진 채 단문영은 한동안 대답을 안 한다가, 후우… 심호흡을 크게 한 번 하고 나서야 대답을 했다.

"너무 강해요……."

"강하다고? 뭐… 아."

무엇이 강하다는 것인지 무린은 눈치챘다.

성산, 혹은 영산이라 불리는 장백산이다.

단문영은 상단을 활짝 개방한 여인.

아마 장백산의 영험함이 단문영 본인의 의지 자체를 무시한 채 상단전에 자극을 주고 있는 것 같았다.

"닫을 수는 없나?"

"그러고 있어요. 하지만… 너무 강해요. 그래서 저절로 자극이 생겨요."

말을 하고 있는 단문영의 눈동자는 이미 서서히 변하고 있었다.

하얗게 탈색된 눈동자는 그 자체로 오싹해 보였다.

"으음……."

"……."

무린은 가만히 단문영의 앞에 섰다.

눈동자를 내리 깔고 침투해 오는 영기에 저항하는 단문영을 무린은 조금은 걱정스러운 눈빛으로 바라봤다.

이곳에 왜 왔나.

무린의 부탁으로 독을 제조하기 위한 약초를 구하러 왔다. 물론 본인도 허락해 이곳에 왔지만 그렇다고 이 상황이 단문영의 탓은 아니었다.

즉, 무린에게 절반의 책임이 있다는 소리다.

"후우……."

하얗게 탈색되었던 단문영의 눈동자가 다시금 원상태로 돌아왔다. 아마 어느 정도 영기의 자극을 제어한 것 같았다.

"괜찮나?"

"하아… 괜찮아요."

대답과 동시에 머리를 살짝 털더니 단문영이 다시금 앞으로 걸었다. 그런 단문영의 뒷모습을 무린은 가만히 바라봤다.

적으로 만나, 동료가 된 사이.

하지만 지금 현재도 적인 사이.

서로가 서로의 목줄을 쥐고 있기 때문에 마음이 변하는 순간 한날한시에 자멸할 수밖에 없는 사이.

하지만 그럼에도 지금은 서로가 서로를 도와주는 사이.

대체 뭐라 정의할 수 없는 사이였다.

'적이지. 하지만 이미 나도 저 여인을 의식하고 있군. 분명히 아끼는 걱정을 했다.'

괜찮나?

라고 물은 것 자체가 이미 걱정이었다.

부지불식간에 나왔지만 그건 이미 단문영을 동료로 인정했다는 것과 다름이 없었다. 물론, 적이라는 것도 확실히 인식하고 있었다.

도대체가 이보다 더욱 애매한 관계는 이 중원 땅에도 찾아보기 힘들 것이다.

'기구하다, 기구하다 했지만 이제는 진짜 기구하다는 말로도 내 인생을 표현할 수 없겠어.'

그런 생각을 하며 무린은 조용히 단문영의 뒷모습을 보며 산을 올랐다.

반 시진.

그 정도 산을 타자 이제는 무린에게도 산이 가진 영험함이 피부로, 상단전으로 느껴지기 시작했다.

'아······.'

속으로 탄성이 저절로 흘렀다.

중원의 동악(東岳).

오가의 일익이자 스승님의 가문인 제갈세가가 깊게 뿌리 내린 태산에 올랐을 때도 무린은 이 정도의 느낌을 받지 못했다.

그 당시 경지가 낮아서인 이유도 있지만 본질적으로 이곳
은 다른 차원의 영험함이 가득 담겨 있는 산이었다.

'대단하군……'

저절로 마음이, 거뭇하던 떼가 씻겨나가는 기분이었다.

마음이 안정되고, 마치 이륜을 극한으로 돌린 것처럼 가라
앉았다. 무린에게 이건 너무나 신기한 경험이었다.

"좀 느껴져요?"

"그래, 느껴지는군."

"마음이 절로 안정되고, 심신이 편안해지죠?"

"……"

무린은 두 번째 질문에는 대답을 하지 않았다.

그 물음에 내깔린 불편한 기운을 감지했기 때문이다.

단문영은 앞서 계속 걷다 말했다.

"저는 그 단계를 넘어서요. 마치 산이 말을 걸어오는… 느
낌이랄까요? 아니면 강제로 지배하려 한다는 느낌? 그래서
제게는 조금 불편하네요."

"음……."

다른 것이다.

마녀를 보고, 느끼고 겪은 게 다르듯이.

지금도 마찬가지인 것이다.

무린은 생각했다.

'일반 백성도 이곳에 오르면 마음이 편해질 것이다. 무인인 나는 그보다 더욱 고차원적인 것을 느꼈지. 그렇다면 단문영은?'

완전하게는 아니어도, 산이 뿜어내고 있는 본질 자체를 자신의 의지와는 상관도 없이 느끼게 된다.

단문영은 그 후 말을 아끼고 계속해서 산을 올랐다.

한 시진이 지나고, 한 시진 반이 지났을 무렵 무린은 이제 약간 서늘한 산의 기세를 느끼기 시작했다.

"역시 한기가 가득해요. 저 높은 곳에 있는 천년설의 천지 때문일까요?"

"그렇겠지."

천년설의 천지.

장백산의 천지는 중원에서도 너무나 유명한 곳이다.

예전 어머니가 말해줬을 때, 가히 중원의 그 어느 곳과 비교해도 장백산의 천지가 으뜸이다라고 배웠을 정도였다.

"제가 찾는 독초가 이 주변에는 있겠어요."

"그렇군. 하지만 그전에 좀 쉬는 게 좋아 보이는데?"

"하아… 그러네요."

강제로 통제했던 호흡을 놓았는지, 곧바로 단문영은 숨을 천천히 몰아쉬기 시작했다. 육체적인 수련은 하나도 하지 않은 단문영이다.

어쩌면 무린보다도 강할 정신력으로 산에는 올랐지만 육체는 반대로 지칠 만큼 지쳤다는 뜻이다.

무린은 이곳에 올랐음에도 숨 하나도 차지 않았고, 땀도 흐르지 않았다. 하지만 단문영의 의복은 축축하게 젖어 있었다.

가만히 반각 정도 쉬고 있는데, 바스락 바스락거리는 소리가 왼쪽에서부터 들려왔다. 물론 무린은 이미 누군가의 접근을 알아차렸다.

하지만 적의는 단 한 점도 느껴지지 않았기에 가만히 있던 것이다. 단문영도 그것을 느끼고 있었다.

잠시 후 수풀을 제치고 일남일녀가 모습을 드러냈다.

나이는 상당히 앳되어 보였다.

하지만 명나라 사람들과는 다르게 훤칠하게 큰 신체 때문에 두 사람 모두 사내, 여인이라 불러도 좋아 보였다.

그리고 얼굴에 보이는 그 순수함이 상당히 인상적이었다.

중원이라면 이렇게 서로가 마주치면, 경계 먼저 하고 볼 터였다. 하지만 두 사람의 얼굴에는 그런 기색이 하나도 없었다.

'이곳은 그만큼 평화롭다… 인가?'

부러울 따름이다.

사내가 먼저 행동을 했다.

"……."

살짝 고개를 숙이며 뭐라고 말을 걸어왔다. 하지만 무린은 사내의 말을 하나도 알아듣지 못 했다.

명나라 말이 아니고 조선말인 탓이었다.

무린은 반사적으로 단문영을 바라봤다. 혹시 단문영은 알아들었을까 싶어서였다.

역시나 이번에도 묘한 웃음.

근데 눈동자가 초승달이다.

무린은 반사적으로 알아차렸다.

'알아들었군.'

너무 애 같은 마음이어서, 무린은 피식 웃었다.

"자기는 이돌, 그리고 옆에는 이연이라는 이름을 쓴데요. 그리고 반갑다고 하네요."

단문영의 통역이었다.

그 말을 들은 무린은 둘을 보고 살짝 포권을 쥐고 마찬가지로 인사를 했다.

"진무린입니다."

무린이 인사를 하자 단문영이 능숙한 조선의 말로 무린을 소개했다. 그리고 중간에 단문영이라는 단어를 들은 무린은 그녀가 자신도 소개했음을 알 수 있었다.

단문영이 무린과 자신을 소개하자 사내가 다시 뭐라 뭐라 하더니, 손바닥으로 주변을 쭉 둘러 가리켰다.

단문영이 바로 통역을 했다.

"이곳은 본 파의 영역이래요. 아마 장백검파를 말하는 것 같아요. 그리고 무슨 용무로 왔는지 알고 싶다고 하네요."

무린은 통역을 듣고 고개를 끄덕였다.

장백검파.

이름을 들어본 적이 있었다.

당연히 어머니 호연화에게서였다.

구름 위의 구파. 그중 검파인 화산, 무당을 거론하고는 마지막에 설명한 곳이 바로 이곳에 자리 잡은 장백검파였다.

그중 무린은 다른 것들을 다 떠나서 어머니가 했던 말 중 가장 인상적이었던 것은 바로 장백검파가 강호가 이어지는 동안 단 한 번도 문제를 일으킨 적이 없다는 소리였다.

가끔씩 이곳에서 다음 대 장문, 즉 대제자가 견문을 쌓기 위해 중원을 찾지만 그들은 항상 예의가 발랐다고 했다.

또한 불의를 보면 찾지 않는다고도 했다.

의와 협.

그리고 예의가 좋기로는 중원의 그 어느 문파와 비교해

서도 결코 밀리지 않는다고 말씀하셨던 걸 무린은 기억해
냈다.

'이제 약관도 안 되어 보이는데… 경지는 관평과 비슷해
보이는군.'

관평과 비슷하다는 것은 곧 절정을 넘었다는 것을 의미했
다.

그렇다면 강호의 후기지수.

황보악이나 팽연호, 팽연화나 혈사룡에 비해 결코 떨어지
지 않는 경지였다. 물론 당장 느껴지는 걸로 보아 넷보다는
약하다.

하지만 이돌이나 이연의 나이를 생각하면 결코 아니었다.
물론 얼굴로 보아 추측한 나이지만 무린은 그들이 많아야 스
물 전후라고 생각했다.

실제로 무린의 생각은 맞았다.

무린이 그런 사이를 하는 사이 단문영이 해명을 하는지 역
시 조선말로 뭐라 뭐라 말하고 있었다.

그러자 고개를 끄덕이는 이돌, 이연.

순수한 눈동자에 의심이라고는 무린이 보기에 쌀 한 톨만
큼도 보이지 않았다. 단문영이 뭐라고 했는지 무린에게 말했
다.

"약초를 찾아 올라왔다고 했어요. 그리고 찾는 약초의 이

름을 말했고요."

"……."

고개를 끄덕이며 둘을 보자, 이돌이 이연에게 뭐라고 말을 했다. 그리고 이연도 이돌의 말에 다시 뭐라고 말을 했다.

그걸 보면서 무린은 생각했다.

'답답하군.'

대화를 따라갈 수 없으니 진의조차 모를 뿐이거니와, 아예 대화를 따라갈 수조차 없었다. 북방에서 북원과도 말은 잘 안 통했었지만 그들이야 죽여야 할 대적이니 말이 안 통해도 상관없었다.

보는 즉시 심장에 창을 틀어박으면 됐으니까.

하지만 지금은 그때와 상황이 달라도 너무 달랐다. 처음으로 느껴보는 언어의 장벽, 그 답답함이었다.

이돌과 이연의 상의가 끝났는지, 이돌이 다시 단문영에게 말을 전했다. 가만히 듣던 단문영은 고개를 끄덕이고는 다시 무린에게 전했다.

"이 산에서 나는 모든 약초는 찾아서 캐도 좋다고 하네요. 다만 사냥은 가급적 자제해 달라고 하고, 또한 주인이 있는 약초는 건드리면 아마도 곤란한 일이 반드시 생길 거라고 전해주네요."

"그럼 주인이 없으면 캐도 상관없다는 소린가?"

"그렇겠죠?"

마음 씀씀이가 역시… 남달랐다.

선비의 나라.

조선은 그렇게 불린다.

그게 틀린 말은 아니었나 보다.

중원의 다섯 명산이라 불리는 오악.

이 산에는 전부 거파가 자리 잡고 있었다.

제갈세가, 화산파, 형산파, 그리고 소림 등등.

웬만한 약초꾼들은 이 산에 오르지 않는다.

아예 말이다.

왜냐하면 그 산에서 나는 모든 것을 그 산에 자리 잡은 문파가 관리하기 때문이다. 무림인이 얼마나 어려운지 아는 약초꾼들은 그래서 결코 문파가 자리 잡은 산에는 올라 약초를 캐지 않았다.

치도곤이 무서워서였다.

그런데 장백검파는 이렇게 모든 약초를 캐도 좋다고 하고 있었다. 이 점이 명백히 중원의 문파와는 달랐다.

"감사합니다."

무린은 꾸벅 고개를 숙여 감사의 인사를 전했다.

그러자 이돌, 이연도 가만히 마주 고개를 숙여 조선의 방식으로 무린의 인사를 받고 마주 인사를 해왔다.

인사를 하고 갈 길을 가려는데, 이연이 갑자기 어깨에 차고 있던 행낭을 벗고는 입고 있던 모피조끼를 벗었다.

그 모습에 무린은 물론 단문영도 잠시 의아해 했다. 하지만 곧바로 왜 그러는지 알 수 있었다.

"······."

"아······."

무린은 침묵했고, 단문영은 살짝 놀란 신음을 흘렸다.

이연은 그걸 단문영의 손에 쥐어줬다.

그리고 뭐라고 조용히 얘기를 하는데, 단문영은 그 얘기를 듣고 눈을 동그랗게 떴다. 하지만 이내 부드럽게 웃고는 긴 머리를 고정시키고 있던 흑빛의 나비장식이 달린 비녀를 뽑아 반대로 이연에게 건넸다. 그러나 이연은 사양하려는지 손사래를 치면서 물러났다.

하지만 단문영은 고집이 있는 여자다.

무린의 목숨, 자신의 목숨까지 걸고 무린을 따라오겠다고 우긴 여자가 아닌가?

결국 이연은 우물쭈물하며 비녀를 받았다. 이연이 비녀를 받자 단문영도 모피조끼를 단정하게 걸치고는 이연에게 다가갔다.

환한 미소로 살짝 이연을 안고 감사를 표한 단문영은 무린보다 먼저 걸음을 옮겼다. 그 상황을 지켜보던 무린도 단문영의 뒤를 따랐다.

상황을 보니, 대충 이해가 간다.

"제 옷이 젖은 것을 보고는 고뿔에 걸릴까 봐 걱정이 된다고, 이걸 주네요. 그래서 저도 비녀를 선물로 줬어요."

"봐서 안다."

"후후, 후후후."

기분 좋은 미소와 함께 웃음을 흘리는 단문영이었다.

물론 무린의 입가에도 살며시 미소가 걸려 있었다.

조선.

참으로 따뜻한 나라가 아닌가.

물론 모두가 그렇지 않겠지마는, 하나를 보면 열을 알 수 있다고, 저 남매의 순수함에 무린은 정말 감탄을 하고 말았다.

"너무 색다른 경험이에요. 가슴이… 참 따뜻하네요. 이 모피조끼 탓일까요?"

단문영이 무린을 보며 물었다.

무린이 본적 없던 활짝 개인 미소가 지금 그녀가 얼마나 기뻐하고 있는지를 알려주고 있었다.

피식.

무린은 대답 대신 그냥 웃음으로 때웠다.

"어?"

단문영이 탄성을 흘리며 우뚝 멈춰 섰다. 동시에 무린도 우뚝 멈췄다. 단문영이 한쪽을 손으로 가리키며 말했다.

"저기 바위 보이죠? 그리고 그 밑에 푸른 잎을 가진 꽃도 보이죠?"

"……."

무린은 고개를 끄덕였다.

확실히 그녀가 가리킨 바위 밑에, 눈 덮인 땅위로 푸른 잎을 가진 꽃이 보였다.

단문영은 웃었다.

"저거에요. 제가 찾던 독초가. 이름은… 설초(雪草). 오직 음기 가득한 눈 덮인 땅에서만 피는 꽃이에요. 그리고 저 꽃을 정제해서 가루로 만들고, 몇 가지 독초와 배합하면……."

"배합하면?"

단문영이 웃었다.

"아주 환상적인 마비독이 만들어지죠. 후후후."

"흠……."

무린은 가까이 다가갔다.

그러자 단문영이 뒤에서 말했다.

"절대 맨손으로 만지지 말아요. 온기가 닿으면 바로 죽으니까요."

"그러지."

근처까지 간 무린은 가만히 설초를 바라봤다.

확실히, 단문영의 말처럼 시퍼런 서늘함이 느껴졌다. 아름다운 겉모습 뒤에 강력한 독을 숨기고 있다는 느낌이 그대로 전해져 왔다.

단문영은 예의 그 흰 수갑을 다시 찼다.

"예사 수갑이 아니었군."

"그럼요. 당연한 말씀을 하시네요."

빙긋 웃은 단문영이 품에서 다른 새하얀 천을 꺼내더니 조심스럽게 땅을 파 설초를 캤다. 그리고 바로 천에 올리고 덮었다.

무린은 손바닥을 살짝 천위에 대봤다.

서늘한 한기가 느껴진다.

"일이 잘 풀리려는 모양이에요. 설초 세 송이면 충분한 양의 마비독을 만들 수 있을 거예요."

"기대하지."

"후후, 그래요. 기대해 보세요."

단문영은 가뿐한 걸음으로, 다시 앞장서기 시작했다.

무린도 하나의 준비가 끝났다는 마음에 가벼운 마음으로 단문영의 뒤를 따랐다. 이어진 걸음은, 장백산의 수려함을 두 눈에 담기 위한 걸음이었다.

　가슴 가득, 산세를 담고 내려왔을 때는 이미 해가 땅 끝에
걸려 있을 무렵이었다.

第九十一章 조력(助力)

귀환병사

이틀이 지나고 비천대는 본격적인 훈련에 돌입했다.

전날 하루 종일 이루어진 회의에서 비천대에게 가르칠 추형진이 완성이 됐기 때문이다. 기본적인 추형진에서 상당히 많은 것이 변했다.

일단 장무개가 주었던 서책에 있던 장점은 모조리 추가했고, 머리를 모으고 모아서 단점이라 생각될 것들은 전부 다 버렸다.

그 외에 애매한 것들도 버렸다.

그리고 가장 신경을 쓴 건 바로 자리배치였다.

"일조의 선두는 내가 선다. 그리고 내 좌우로 관평과 장팔. 그리고 그 뒤로 윤복과 태산이다. 이조의 선두는 백면이다. 그 좌우로 제종과 마예, 그리고 김연호와 무경이다. 일단 가격을 잡겠다."

넓은 평야에 비천대가 열을 맞춰 도열해 있었다.

무린은 가장 먼저 한쪽에 서자, 무린의 양옆으로 관평과 장팔이 와서 섰다. 다시 뒤로 태산과 윤복이 일정한 간격을 두고 섰다.

"기존의 추형진처럼 점차 진을 넓히지 않는다. 우리는 딱 세 줄로 만들어, 기병의 특성을 이용해 무조건 관통한다."

무린의 말에 비천대가 고개를 끄덕였다.

의문은 나중이다.

일단 모두가 무린의 설명에 집중했다.

"선두의 관통은 걱정하지 마라. 선두의 다섯이 책임진다. 너희들이 걱정해야 할 건 양옆에서 들어오는 공격과, 절대로 대열이 깨져서는 안 된다는 점이다. 알다시피 추형진은 양날의 검에 가깝다. 우리가 고심 끝에 내놓은 것도 약점을 보완한다고 했지만 그렇다 해도 완벽한 건 아니다."

무린의 말은 반은 맞고, 반은 틀린 말이었다.

이미 추형진 자체가 옛 고대부터 내려오면서 이미 더 이상 고칠 곳이 없는 진형이었다. 그런데도 무린은 회의 끝에 추형진을 변형시켰다. 이건 사실 대단한 일이었다.

"추형진을 두 개로 나눈 이유는 당연히 만약을 대비해서
다. 일진의 돌격이 막힐 시, 이진은 구조대가 된다. 반대도 마
찬가지다. 즉, 유기적인 협조가 필요하다. 물론 이 모든 상황
은 적이 강했을 때 얘기다. 현재의 비천대라면… 웬만한 적은
무서워할 필요가 없다."

무린은 담담하게 현재 비천대가 강하다는 것을 강조했다.
물론 이건 자신감을 채워주기 위해 거짓말을 하는 게 아니었
다.

실제로 비천대는 강했다.

악마기병에게 완전히 깨지긴 했지만 무린이 합류한 이상
은 다르다. 절대적인 무력을 보유한 일인이 있고 없고의 차이
는 전장에서 굉장히 다르게 작용을 하기 때문이다.

예를 들어 강신단이 그렇다.

물론 강신단은 그 개개인이 전부 강하다.

아마 대원 전체가 절정에서 놀고 있을 것이다.

하지만 강신단이 그렇게 강한 이유는 역시 단주인 이무량
때문이다. 이무량이 있고 없고의 차이는 엄청나게 확연하게
드러난다.

그걸 생각하면 비천대도 마찬가지다.

무린이 합류한 지금, 비천대는 전장에서 아주 많이 변할 것

이다. 특히 한 달간 선덕제가 하사한 영약을 갈무리까지 한다면 비천대 자체의 수준은 최소한 한 단계는 높게 올라갈 것이다.

무린도 이러한 사실을 알고 있었다.

"앞으로 우리의 전투는 무조건 타격전이다. 흔히 치고 빠지기라고 불렀지. 최대한 적의 후방을 괴롭힐 생각이다. 솔직히 이때는 우리가 이번에 연습할 진형은 쓰지 않을 생각이다. 미리 보여줄 필요가 없기 때문이다. 하지만 결정적인 순간은 반드시 온다. 그때 쓴다. 심양대회전에서 악마기병에게 당했던 울분을, 이번엔 우리가 갚는다. 반드시."

"……."

"……."

무린의 연설에 비천대의 눈빛이 확 변했다.

특히 심양대회전, 악마기병을 거론할 때는 짙은 살기 섞인 군기까지 피어났다. 비천대 전부가 아직 잊지 못하고 있었다.

그날의 패배를.

그날의 참담함을.

"그러니 이 한 달. 최대한 배워라. 훈련은 힘들 것이다. 최대한 밀어 붙을 것이고, 조금의 흠도 용납하지 않을 것이다. 하지만 우릴 믿고 따라와라. 반드시, 반드시 쌓인 울분을 깨뜨려 줄 테니까."

"……."

"……."

피어오르는 군기가 이미 비천대의 각오를 말해주고 있었다. 그런 비천대의 각오를 보고 무린은 웃지 않았다.

그저 담담한 눈빛으로 비천대를 바라볼 뿐이었다.

이 후, 비천대의 진법훈련이 시작됐다.

이미 상당히 변형된 추형진이기에 새로운 이름을 붙였다. 물론 어렵게 짓지 않았다. 추형이란 단어를 빼고, 비천이라는 단어를 넣었다.

일명 비천진(飛天陣).

사실 크게 어려울 게 없었다.

이들은 이미 숙달될 만큼 숙달된 정예들이다. 그러니 하나를 가르쳐 주면 열을 헤아리지는 못해도 그 하나는 반드시 똑바로 보여주고 있었다.

비천진의 특징은 사실 별 게 없다.

선두의 압도적인 무력을 앞세운 관통.

중앙부터 후미까지의 병력 보존.

이후 갈라지며 포위, 섬멸은 기본적으로 일반 추형진과 비슷하다. 하지만 다른 점은 일단 관통 후가 다르다.

무린이 이끄는 일진이 관통을 해서 적을 두 쪽을 내면, 이진이 남은 한쪽을 치고, 일진이 선회에서 다시 적을 산산조각 쪼개는 방식이다.

　여기서 중요한 건 결코 중앙부터 후미까지가 선두와의 간격을 완벽히 유지해야 한다는 점이다. 툭 하고 끊어져버리면 비천진은 그 순간 절단이 난다.

　그 다음은?

　바로 포위일 것이다.

　하지만 그런 상황을 대비해 이진이 있다. 일진의 중앙군이 선두를 따라가지 못해 고립되면, 여유를 두고 돌격해 오던 이진이 포위진을 그대로 때려 버리는 방식인 것이다. 물론 이것은 비천대가 상대할 적병이 무인, 혹은 북원의 최정예일 시에나 나올 상황이다.

　웬만한 적이라면 그냥 돌격으로도 초토화를 시킬 수 있는 힘이 비천대에게는 있었다. 이 진형의 훈련은 오로지 대군, 정예를 상대할 때만 쓸 생각인 것이다.

　"간격이 제일 중요하다. 기본 모태가 추형진이기 때문에 돌격시 절대로 간격이 멀어지면 안 된다! 그럼… 돌격!"

　마예의 외침 뒤, 비천대의 돌격이 시작됐다.

　두드드드.

　대지가 진동하고 뿌연 먼지가 피어올랐다.

　이백에 가까운 비천대의 질주는 무시무시했다. 훈련은 실전처럼, 실전은 훈련처럼이라는 말처럼 비천대는 훈련시에도 엄청난 기세를 내뿜었다.

수정하고, 다시 질주하고, 다시 수정하고, 다시 질주하고.
최적의 간격을 찾아 비천대는 달리고 또 달렸다.

그런 훈련은 해가 지고, 지평선에 어둠이 깔리기 시작했을
때야 멈췄다.

*   *   *

장원으로 돌아오자마자 단문영이 무린을 찾았다. 그녀는
무린을 보자마자 곧바로 본론을 찾은 이유를 말했다.

"손님이 왔어요."

"손님?"

단문영의 말에 무린은 고개를 갸웃했다.

손님이라.

찾아올 사람이 있었던가?

아니, 그 이전에 내가 이곳에 있는지 어떻게 알고?

순식간에 의심이 싹텄고, 표정이 바로 변했다.

"적은 아닌 것 같아요."

"그렇게 느꼈나?"

"네."

"흠……."

그럼 누구지?

단문영의 기감은 무린보다도 좋다 해도 과언이 아니다. 아예 다른 영역의 정보를 받는 그녀니 당연한 일이다.

그런 그녀가 적이 아니라고 느꼈다.

그럼 적이 아닌 것이다.

무린은 이제 단문영의 말을 신뢰할 수 있었다.

"어디 있지?"

"별채 뒤쪽 공터에 있어요."

"……."

무린은 대답을 듣고 바로 걸음을 옮겼다. 걸어가는 도중에 단문영의 목소리가 조용히 무린의 귀로 파고들었다.

"가기 전에 얼굴이라도 씻으세요. 꼴이 말이 아니네요."

"…그러지."

무린은 고개를 끄덕였다.

단문영의 말처럼 무린의 몰골은 사실 말이 아니었다. 하루 종일 진형을 연습했다. 흐르는 땀과 먼지가 섞여 상거지 저리 가라의 얼굴을 만들어 버렸다.

우물에서 물을 떠 간단히 세안을 하고, 무린은 바로 공터로 향했다.

한 그루 나무가 있었고, 그 나무의 등을 기댄 청년이 보였다.

눈처럼 흰 도복.

긴 머리를 질끈 묶었고, 눈을 감고 있는데 인상 자체가 유했다. 살며시 말려 올라간 입꼬리는 비웃음이 아닌, 부드러운 미소를 표현하고 있었다.

청년이 눈을 뜨고 무린을 바로 직시했다.

"……"

"……"

시선이 잠시 부딪치고, 침묵이 돌았다.

하지만 그것도 아주 잠시, 청년이 등을 떼고 포권을 정중히 취하며, 자신을 소개했다.

"무당의 운검이라 합니다. 비천대주 되십니까?"

"…진무린입니다."

잠시 놀랐던 무린이다.

이름도, 자신을 비천대주냐 물어서도 아니었다.

처음에 했던, 가장 먼저 했던 말 때문이었다.

무당(武當).

무당이라고 했다.

호북성 무당산의 검파, 구파의 무당이라고 했다.

"비천대주시군요. 소향 소저가 보내서 왔습니다."

"소향이 말입니까?"

"네."

그렇게 대답하며 웃는 운검이란 청년.

부드러운 미소였다.

또한 유해 보이는 인상에 아주 절묘하게 맞물려 운검을 더욱 선하게 보이게 했다. 잠시 품에 손을 짚어 넣더니, 이내 서신을 한 장 꺼내 무린에게 전했다. 슬쩍 던졌는데, 부드럽게 날아와 무린의 손에 안착했다.

그에 살짝 굳는 무린의 눈매.

'역시 무당. 남존이라더니, 명불허전이군.'

생각을 하고는 서신을 펼쳤다.

해는 이미 거의 졌어도, 서신을 읽는 데는 아무런 불편함도 없었다. 서신의 내용은 길지 않았다.

간추려서 요약하자면, 간단한 현재 상황의 설명 이후 자신의 도와줄 것인가. 말 것인가를 묻고 있었다.

만약 도와줄 결심이 섰다면, 운검이 전해줄 것이 있다고 했다.

길게, 질질 끌게 없었다.

"결심이 섰습니다."

"도와주시는 겁니까?"

"예. 은을 받았으면 은으로 갚는 거라 배웠습니다."

"……."

무린의 대답에 운검은 이번에도 부드러운 미소를 그리더

니 손을 다시 품에 짚어 넣어 서책 하나를 꺼냈다.

그리고 슬쩍 던지자 이번에도 마찬가지로 유유히 날아와 무린의 손바닥에 안착했다.

"이건……?"

"무당이 보관하고 있던 옛 무공서적 중 하나입니다. 소향 소저가 이것을 부탁했고, 그 부탁을 받아들여 이렇게 비천대주께 건네게 되었습니다."

"음……."

낡고 낡은 겉표지에는 이렇게 적혀 있었다.

이화접목.

무린도 안다.

타인의 힘을 받아들여 반대로 흘리던가, 아니면 그대로 상대에게 다시 전달하는 묘리를 이화접목이라 부른 다는 것을.

"소향 소저가 그랬습니다. 현재의 비천대는 너무 강에 치우쳐 있다고. 유를 익혀야 한다고 했습니다. 북원의 기병과 싸워 패배를 한 것도 그 때문이라 했습니다. 장무개 장로님이 전한 서책으로는 한계가 있다고 판단한 소향 소저는 돌아가는 전황을 보고, 잘못하면 밀릴 판국이라 이렇게 저를 보냈습니다. 물론 저는 도와주는 입장입니다. 비천대에 합류는 하지 않습니다."

"음……."

무린은 대답 대신 신음을 흘렸다.

소향의 말이 맞는 말이긴 하다.

비천대는 강이다.

오직, 힘으로 때려 부수는 것에 특화되어 있었다. 물론 개개인의 무력이 말이다. 거기에 유를 더하면 당연히 좋겠지만, 무린은 고민이 됐다.

'지금… 익힌다고 해도 당장 쓸 수가 없다. 이화접목. 쉬운 무리가 아니야. 최대 이것만 파고들어도 한 달 안에 못 익힌다.'

소향의 생각은 고마웠다.

하지만 무린은 고개를 저었다.

쉭.

이화접목은 다시 운검에게 되돌아갔다.

서적을 받고 눈을 동그랗게 뜨는 운검.

그런 그에게 무린은 말했다.

"지금 당장 이화접목을 익힌다고 비천대에게 도움이 되지 못할 겁니다. 그리고 두 개가 뒤엉켜 어쩌면 더욱 균형이 어긋날지도 모릅니다. 마음은 고맙지만 그건 비천대에게 익히게 할 수 없겠습니다."

"그렇습니까. 소향 소저도 걱정하던 부분입니다. 하지만 배워두면 나쁘지 않을 것이라 생각했는데……."

"죄송합니다. 비천대는 우리의 방식대로 강해지겠습니다."

신경 써주는 것은 고마우나, 사람에겐 각자의 방식이 있다. 비천대에는 부드러운 인간이 단 하나도 없다.

무공도, 성격도 말이다.

이들은 거친 전장에서 구르고 굴러, 그 어떤 부대에 비해서도 강직하고, 신속하며, 파괴적인 놈들이었다.

결국 비천대에게는 비천대만의 방법이 있었던 것이다.

물론 펼쳐 내용을 살펴보지는 않았지만 익히면 좋기야 할 것이다. 천하의 소향이 이것을 익혔을 시의 비천대를 생각 안 하고 보냈을 리가 없었다.

아마 익혀도 충분히 좋으니 보냈을 것이다.

그러나 이번은 아니었다.

비천대는, 오직 강으로만 나가야 했다.

그래서 전장의 사신이 되어야만 했다.

그게 비천대가 비천대로 있을 수 있는 조건이었다.

반대로 무린은 이걸 보낸 다른 이유도 깨달을 수 있었다.

"걱정이 된다고 합니까?"

"네?"

"제가 자기의 부탁을 거절할까 봐 말입니다."

"아… 역시. 맞습니다. 그걸 알아보기 위한 의도도 있었습니다."

떠본 것은 아니다.

소향은 순수하게 자신의 부탁을 무린이 거절할까 봐 겁났다. 전대의 문성. 천기를 짚었을 정도의 인물이 찍은 무린이 하기 싫다고 할까 봐 겁났던 것이다.

그래서 이쯤이면 하고 안 하고의 결정이 빠른 무린이 결정을 내렸을 것이라 생각하고 이렇게 운검을 보냈을 것이다.

"걱정하지 말라고 전해주십시오."

"알겠습니다."

운검은 웃었다.

그리고 걸음을 옮기기 전 다시 무린을 보고 말했다.

"아, 전하지 못한 게 있습니다."

"음?"

싱긋.

부드러운 미소와 함께 운검이 다시 말했다.

"답은 삼륜에 있다 했습니다."

"답은 삼륜에 있다?"

"그렇게 말하면 아마 스스로 깨달을 것이라 했습니다."

"답은 삼륜에 있다라……."

"그럼 이만."

운검의 신형이 마치 연기처럼 사라졌다.

무당이 자랑하는 제운종(梯雲從)이었다.

하지만 무린은 사라지는 운검을 채 알아차리지도 못했다.

내려간 고개, 턱을 쓰다듬는 손. 잠시 후 무린은 곧바로 그자리에 털썩 주저앉았다.

"답은 삼륜에 있다. 답은 삼륜에 있다. 답은 삼륜에 있다라……."

운검이 마지막 전해준 말을 계속해서 곱씹는 무린.

찰나지만 뇌리를 스치는 게 있었다.

무린은 확실하게 그걸 느꼈다.

"답은… 답은 삼륜에 있다……."

기잉.

기이잉.

일, 이, 삼륜이 전부 깨어나기 시작했다.

그저 말로 내뱉은 자신들의 이름을 부름이라 느낀 것일까? 서서히 회전을 하기 시작하더니, 웅웅 하고 진동하기 시작했다.

'일륜은 신체를 보호하는 첫 번째 바퀴다.'

생각이 시작, 그리고 끝남과 동시에 일륜이 전신을 돌았다.

발바닥부터 시작해서 정수리 끝까지 순식간에 돌더니, 다시금 하단전에 내려와 조용히 회전했다.

'이륜은 정신을 보호하는 두 번째 바퀴다.'

일륜처럼 이륜도 생각과 동시에 무린의 심장, 뇌문을 한차례 돌고 돌아왔다. 마치 이곳이 자신의 영역인 마냥, 딱 그 부분만 돌고 돌아왔다.

'삼륜은 적을 섬멸해 나를 보호하는 세 번째 바퀴다.'

삼륜은 움직이지 않았다.

상단 그곳에서 한차례 공회전을 거칠게 하고는 잠잠해졌다. 결코 그 자리서 움직이지 않았다.

'음⋯⋯.'

무언가 잡힐 듯, 잡히지 않았다.

휘이잉.

바람이 불어 무린의 전신을 쓸고 지나가며 머리카락이 흐날렸다. 차가운 북쪽의 바람일진데도 무린은 여전히 꼼짝도 하지 않았다.

안개 속에 숨은, 정체모를 녀석을 잡기 위해서였다.

근질, 근질.

그러나 무린은 결국 잡지 못했다.

"후우⋯⋯."

자리를 털고 일어나며 무린은 깊은 한숨을 쉬었다.

아쉬웠다.

조그만 더 보였다면, 조금만 안개가 걷혀졌다면 단숨에 움켜쥐었을 텐데. 그게 너무나 아쉬웠다.

만약 그것을 잡았다면 전혀 다른 세상으로 한 발자국을 내딛었을 것이라 생각하니 더욱 아쉬웠다.

"아직은… 때가 아니구나."

살짝 입술을 깨물었다 떼며 바람결에 아쉬운 마음을 털어보냈다.

하지만 그래도 소득은 있었다.

방향이 잡힌 것이다.

어차피 삼륜에 답이 있다는 것을 무린도 알고 있었다. 그걸 소향에게 다시 전해들은 것일 뿐이지만 그래도 소향까지 그리 말했다는 것은 무린이 잘못 방향을 잡은 게 아니라는 것을 뜻했다.

"이것만 해도 소득이지."

제대로 된 길을 알았다는 것은, 앞으로 걸어가기만 하면 된다는 뜻과 일치한다.

쫘악.

"고맙다, 소향."

역시 소향은, 무린에게는 더없이 든든한 조력자였다.

하지만.

무린은 생각지도 못하고 있던 또 다른 조력자가 오고 있었
다.

그 조력자는 이미 저 멀리, 산동에서 배를 타고 바다를 건
너고 있었다.

*   *   *

비천대의 훈련은 날이 갈수록 격해졌다. 정말 자는 시간,
식사를 하는 시간을 뺀 나머지 시간 전부를 진형훈련, 개인훈
련으로 꽉꽉 채워서 썼다.

새벽에 일어나 개인 심법수련, 오전에는 진형훈련, 오후에
도 진형훈련, 저녁을 먹고 나서는 다시 개인훈련.

이렇게 하루의 전부가 훈련, 훈련, 훈련으로 끝났다.

이건 조장들이라고 해도 예외는 아니었다.

아니, 오히려 조장들이 더욱 스스로를 한계까지 몰아붙이
고 있었다. 특히 그중 가장 극한으로 몰아붙이는 조장은 역시
장팔이었다.

악마기병에게 처참하게 깨지고 나서 가장 자존심에 타격
을 받은 이가 바로 장팔이었다. 그러다 보니 장팔의 복수심은
정말 무린에 비해서도 전혀 떨어지지 않았다.

그런 장팔이 자신을 단련하는데 사용한 방식은 바로 죽도록 구르기였다.

즉, 대련이란 소리다.

대련 상대는 다양했다.

비천조원들과 다대 일로 붙을 때도 있었고, 김연호나 연경과 붙을 때도 있었다. 마예나 제종은 물론 태산이나 윤복. 그리고 관평까지.

심지어 어제는 백면에게 대련을 신청했다가 왼 손가락 마디 두 개가 부러지는 부상까지 입었다.

그럼에도 장팔의 두 눈에서 독기는 결코 옅어지지 않았다.

완전히 작정을 한 것이다.

"괜찮겠나?"

무린은 오늘은 자신의 앞에 와 있는 장팔을 보며 물었다. 손가락 두 개를 붙여 거친 면으로 돌돌 압박했지만 아직도 통증은 상당할 것이다.

부상은 빨리빨리 치료해 줘야 한다.

그게 부상을 치유하는 방법의 정론이다.

그렇기에 물어봤지만, 장팔은 그저 침묵했다.

"……."

그리고 고개를 끄덕이며, 짙은 투기를 줄줄이 뿌려댔다.

"……."

무린도 덩달아 침묵했다.

훈련에 지독히 임하는 것은 좋다.

하지만 부상은 곤란했다.

근육통도 아니고, 뼈가 아예 두 동강이 났다. 의학지식이 풍부한 단문영이 처방은 해줬지만 그래 봐야 하루도 아직 안 지났다.

잠시 고민하는데 옆에서 날카로운 목소리가 날아왔다.

"그냥 해주십시오. 단 소저도 있으니 부상은 신경 쓰지 마십시오. 장팔 저 녀석, 지금 먼저 창을 날리고 싶은데도 참고 있는 걸 겁니다."

관평의 말이었다.

단문영은 단순히 독을 만드는 것에 그치지 않았다. 비천대의 자금으로 약초를 사서, 외상은 물론 내상에도 좋은 약을 만들어냈다.

더욱이 독을 다루는 여인이라, 당연히 의술에도 일가견이 있었다. 물론 전문 의원에 비해서는 부족하지만 가벼운 내외상 정도는 쉽게 다스릴 줄 알았다.

그걸 아는 무린은 고개를 끄덕였다.

"좋아. 따라와."

무린은 자신의 거처의 뒤쪽으로 갔다.

예전 무당의 운검을 만났던 장소였다.

쉬익.

공터의 중앙에 도착하자마자 무린은 창을 쥐고 가볍게 그
었다. 공기가 갈라지고 거칠게 풍압이 터졌다.

"장팔. 네 마음을 생각해서 제대로 상대해 주마."

"바라던 바요……."

드디어 장팔이 입을 열고 날름거리는 창날을 무린에게 들
이밀었다.

쉬엑!

공기가 갈라지는 소리가 마치 뱀의 헛소리와 비슷했다. 그
러나 그뿐이다. 무린은 가볍게 창을 휘둘러 장팔의 사모창을
쳐냈다.

챙!

맑은 소리와 함께 사모창이 튕겨나갔다.

완력으로 따져보자면 장팔보다는 무린이 앞섰다. 장팔이
우락부락하다고 해도 그가 괴력의 소유자는 아니었다.

오히려 힘으로 따지면 장팔보다 관평이 더욱 강했을 것
이다. 그의 무기는 몇 십근이나 나가는 언월대도였으니 말
이다.

장팔은 오히려 정교하면서도 빠른 공격을 선호하는 편이
었다.

하지만 지금은 아니었다.

우웅.

쩡!

선제공격이 튕겨 나가자, 제 이격에는 내력이 아낌없이 담겨 있었다. 내력과 내력이 만나 응축, 폭발하면서 풍압을 사방으로 쏘아 보냈다.

스악.

저 멀리 서 있던 관평의 귀밑머리가 잘려 떨어졌다.

"흡!"

짧은 호흡 소리와 다시금 제 삼격이 펼쳐졌다.

마찬가지로 내력이 한가득했다.

쩡!

그러나 무린은 그걸 그대로 맞받아 밑에서 위로 후려쳤다.

쩡! 하고 소리가 나기 무섭게 장팔의 신형이 공중으로 붕 떴다. 그리고 천천히 뒤로 떨어져 내렸다.

"빈틈."

무린의 입에서 그 말이 나오고 촌각도 지나지 않았는데 어느새 무린의 발은 진각을 찍었고, 대지가 울리는 울음을 동반하고 창을 내질러지고 있었다.

무린의 찌르기였다.

그 누구보다 자신 있는 공격.

일점에 힘을 모아 필살.

그러나 이번 공격에 정말로 필살의 내력이 담겨 있지는 않았다. 하지만 그렇다고 대충 내지른 건 아니었다.

적어도 장팔이 충분히 막기 힘든 각도, 힘과 속도를 내포하고 있었다. 아니나 다를까 시작부터 장팔의 입새에서 신음이 흘러나왔다.

"큭!"

쩌정!

그러나 일격을 허용하지는 않았다.

몸을 뒤로 급히 접었다가 반대로 접으며 휘두른 사모창에 아슬아슬하게 무린의 철창이 걸린 것이다.

대신 균형이 흐트러지며 바닥을 사정없이 굴렀다.

빗겨 맞았지만 역시나 소리는 공간이 터지는 북소리. 그만큼 지금 무린이나 장팔이나 내력을 제대로 운용하고 있다는 소리였다.

벌떡 일어난 장팔이 다시금 무린에게 쇄도했다.

앞서 말했듯이 장팔은 속도와 정교함이 주무기다.

그러나 지금은 그런 것 따위는 마치 개나 주라는 듯이, 아주 대차게 위에서 아래로 내리그었다.

도를 사용하지는 않았지만 정말로 일도양단이라는 말이 어울렸다.

쩡……!

울림이 굵고, 길게 울렸다.

결과는 장팔이 사정없이 날아가 나무에 등부터 처박히는 걸로 나왔다. 그러나 이번에도 장팔은 곧바로 일어났다.

통증이 상당할 텐데도 아무런 감각이 없는지. 장팔의 두 눈에는 짙은 투기가 아직도 맹렬하게 일렁이고 있었다.

"힘 조절해라. 지나치게 근력이 들어가니 동작이 너무 단순해지고 있어."

"……."

무린의 조언에 장팔은 침묵했다.

그런 장팔에게 무린은 다시 말했다.

"무작정 힘을 잔뜩 실은 공격은 하수나 하는 짓이다. 지금 너의 공격은 오히려 너의 실력을 퇴보시킬 뿐이다. 정신 차려라, 장팔."

"……."

화아악!

투기가, 사방을 뒤엎고 있었다.

무린은 고요했고, 이 공터를 뒤엎은 기운은 온전히 장팔의 투기다. 분노 가득한 투기가 피부에 따끔거릴 정도로 일어나고 있었다.

하지만 이건 좋은 현상이 아니었다.

"분노하는 것은 좋다. 하지만 조절을 해야 한다. 피에 미친 살인마가 될 생각이냐!"

쩌렁!

무린의 호통에 상팔의 눈동자가 일순 흔들렸다.

스스스스…….

무린의 호통이 통했는지 장팔의 투기가 점차 엷어지고 있었다. 무린의 말은 지극히 맞는 말이었다.

분노가 나쁘다고 하지만, 사실 실제 전투가 벌어지면 분노라는 감정의 힘은 상당한 도움이 된다. 없던 힘도 날 수 있게 해주는 게 바로 생존, 분노. 이런 감정들이기 때문이다.

하지만 이런 감정들이 힘이 되려면, 그 속에서도 완벽하게 이성을 유지해야 했다. 물불 안 가리고 미쳐 날뛰어봤자 돌아오는 건 고립되어 죽거나, 포로가 되는 상황뿐이다.

무린은 그런 경우를 수없이 봤다.

물론 장팔도 수없이 봤다.

그래서 장팔이 빠르게 이성을 찾을 수 있던 것이다.

"좋아. 분노는 하되, 그 안에 냉정한 이성의 기둥을 세워라."

"…후우, 네."

"다시 와 봐."

"……."

샤악.

무린의 말이 끝나기 무섭게 장팔의 신형이 쭈욱 늘어났다. 그리고 좌우로 뒤틀리는 몸짓 속에서 거짓된 환영이 피어났다.

흔히 말하는 환영의 묘다.

마치 뱀처럼 흔들리며 사모창이 혀를 날름거리면서 무린의 목 줄기를 물어뜯으려 했다. 하지만 상단전을 개방한 무린.

정확하게 투기를 실은 실초를 잡아냈다. 그리고 잡자마자 내력을 실어 쳐냈다.

쩌정!

무린의 내력에 밀려 장팔의 신형이 빙글, 강제로 회전했다.

그러나 장팔은 그 회전 속에서 몸을 슬쩍 띄워, 발을 날렸다.

촤락!

부챗살처럼 펴지며 무린의 턱을 노리고 날아들었다.

무린은 여유 있게 고개를 뒤로 당겼다.

슈악!

파공음과, 바람을 가르고 지나가는 장팔의 발. 무린은 그 발을 보내고 앞으로 한 발 내딛었다. 동시에 쿵! 하고 지축이 흔들렸다.

자유로운 왼손이 전사력을 뿜고 막 회전하고 내려서는 장팔의 복부를 향해 날아갔다.

"큭!"

신음과 동시에 창대를 무린이 내지른 주먹에 가져다 댔다.

그러나 무린은 교묘히 창대를 피해, 장팔의 복부에 그대로 처박혔다.

펵!

"……."

비명은 없었다.

이미 흰자위가 동공을 가득 차지한 장팔. 풀썩 하고 쓰러지면서 짧은 대련이 끝났다.

"수고하셨습니다."

"한 판 붙겠나?"

"저는 됐습니다."

무린의 말에 관평은 고개를 저어 사양하고, 기절한 장팔을 어깨에 들쳐 멨다. 그렇게 관평이 사라지자 무린은 슬쩍 자신의 주먹을 봤다.

'몇 할이나 사용했지……?'

오 할?

반 정도의 실력을 내보였나?

무린은 고개를 저었다.

확실하게 감이 안 잡혔기 때문이다. 분명히 강해졌음을 느끼고 있지만 현재 어느 선에 도달했는지, 명확하게 깨닫고 있지는 못한 무린이었다.

좀 더 제대로 싸울 사람이 존재한다면 모르겠지만… 아쉽게도 무린과 대적할 만한 비천대의 조장이…….

"진 형. 아직 부족하지 않소?"

"……."

있었다.

백면.

실제 정체가 배화교 백면검단(白面劍團)의 단주인 백면이 무린에게 다가오며 말했다. 무린은 그런 백면의 말에 말없이 고개를 끄덕였다.

스르릉.

백면의 검집에서 검이 뽑혀 나오며, 장괄이 뿜어낸 투기 따위는 어린애로 만들어 버릴 가공할 투기가 무린에게 뿌려지기 시작했다.

압도적?

"그때는 실력을 숨겼군?"

"후후, 이래봬도…… 신교에선 한 단을 이끄는 무인이오."

"……."

겉으로는 백면의 미소가 보이지 않았다.

하지만 백면의 말에 침묵한 무린은 알 수 있었다.

지금 백면은, 아주 기분 좋은 미소를 짓고 있을 것이라고.

스으으.

투기가 흐르고, 다시 모여 백면에게 집중됐다.

"가오."

가볍게 말하고는 상체가 앞으로 천천히 숙여지는 백면.

"……."

대답 대신 고개를 끄덕인 무린은 창을 들었다.

동시에 무린도 두 발을 지면에 착 붙이고, 아주 기본적인 자세를 만들었다.

삭, 누가 먼저랄 것도 없이 움직였다.

순식간에 본래 서 있던 자리에 잔상을 만들더니 이내 중앙에서 부딪쳤다.

쾅!

쾅쾅!

콰앙……!

둘의 대련은… 급이 달랐다.

마치 끊임없이 터지는 화탄처럼, 둘은 부딪칠 때마다 터졌다.

그러나 움직이는 두 화탄은 뭐가 그리 즐거운지, 입가에 미소를 짓고 있었다.

*　　*　　*

예전 남궁가로 향하기 전 대결 이후, 아주 오랜만에 다시 백면과 검을 마주하는 무린이다.

쾅!

포탄이 터지는 소리와 함께 무린의 신형이 뒤로 주륵 밀렸다. 정말 압도적인 힘이었다. 무린의 내력도 상당한 경지다. 그런데도 무린을 뒤로 밀어버렸다.

저릿!

창을 쥔 손아귀가 찢어질 듯 저려왔다.

하지만 그렇다고 못 견딜 정도는 아니었다.

좌락!

무린의 신형이 회전했다.

동시에 좌로 약 한 보 반 정도를 이동했다.

후웅!

백면의 검이 그 자리를 내려쳐, 지면을 갈가리 긁어 버렸다.

먼지돌풍이 일어나 두 사람의 시야를 교란했다.

하지만 두 사람에게 이 정도는 아무런 장애도 되질 않았다.

회전하던 원심력을 이용해 무린의 창이 백면의 옆구리를 노렸다. 쩡! 검면으로 막고, 백면이 순속의 보법을 밟아 다시 무린에게 접근했다.

초근접전을 선호하는 백면이었다.,

아니, 선호하는 게 아니라 백면의 무공이 그쪽으로 특화되어 있었다.

오직 초 근접전.

그리고 힘으로 쪼개는 패도의 무공이었다.

콰!

두 손으로 잡아 휘두른 검면 타격에 무린은 창대를 세우고, 내력을 가득 실어 막았다. 그러자 여지없이 무린의 신형이 다시 뒤로 날아갔다.

지잉, 지잉.

무린의 철창이 부르르 떨리며 울었다.

하지만 동시에 백면의 손아귀도 떨리고 있었다.

"……."

백면의 가면 속 눈동자에 잠시 놀람이 깃들었다.

사실 지금 공격은, 백면으로서도 작정하고 후려친 것이다. 그걸 무린은 창을 지면에 박아 막았다.

이렇게 되면 당연히 백면의 공격이 훨씬 유리하다.

무린은 넓은 점이었고, 백면은 일점을 타격하려 했기 때문이다. 근데도 무린의 안색은 평온하다.

뒤로 날아가서도 볼썽사납게 구르지도 않았다.

차분하게 안착.

다시금 백면에게 창을 들이밀고 있었다.

백면은 천천히 손을 들어 자신의 손아귀를 바라봤다. 아직
도 저렸다. 몇 번 주먹을 쥐었다 폈다 하면서 충격을 소화시
키고 다시 무린을 바라봤다.

"정말 믿을 수가 없소."

"음?"

백면의 말에 무린은 의문의 신음으로 답했다.

그런 무린에게 백면이 다시 말했다.

"벌써… 이 정도의 경지에 올라오다니. 분명 진 형이 깨어
나고 봤을 때는 나보다도 한참 아래였는데 말이오."

"아아, 몇 번 죽다 살아나면… 강해지기 마련이지."

"후후, 사선을 넘는다……. 맞소. 그게 사실 기연이지. 하
지만… 이 정도로 빠른 성취는 내 여태 본 적이 없소."

"칭찬으로 듣지."

"칭찬이오. 후후. 자, 그럼… 다시 가오."

"……."

다시 무린은 고개를 끄덕여, 덤비라는 신호를 보냈다.

사악.

무린의 고개가 끄덕여지는 그 순간, 마치 기습처럼 백면의 신형이 흐릿해지더니 사라졌다. 잔상이 남은 것이다.

그것은 배화교의 비전신법이었고, 구파의 절기와 비교해도 결코 떨어지지 않는 경신법이자 보법이었다.

그러나 무린은 이미 느끼고 있었다.

'뒤.'

감각이 백면의 위치를 잡아채자마자 무린의 신형이 빙글 회전했다. 좀 전처럼 피하지 않겠다는 의지였다.

그그극!

촤악!

창날이 지면을 긁어 생채기를 내고, 어느 지점에서부터 사선을 그리며 고속으로 솟구치기 시작했다.

쩡!

그 공격은 백면의 패검에 막혔다.

그리고 창날을 타고 백면의 검이 쭉 미끄러져 내렸다. 전진하는 일보, 일보가 무린의 손목을 위태롭게 했다.

퉁.

그러나 무린도 강자.

내력은 물론 경험까지 갖춘 무인이다.

철창을 손목의 반동으로 튕겨내자 백면의 검이 도중에 위로 솟구쳤다. 물론, 일반적이라면 불가능하겠지만 무린의 삼류공은 충분히 이 상황이 가능하게 만들어줬다.

훅.

무린의 오른 주먹이 허공을 갈랐다.

작정하고 백면의 얼굴을 노린 일격이었다. 맞는다면, 아마 최소가 실신일 것이다. 하지만 백면 또한 강자다.

피하기는 늦었다고 판단했는지 검을 쥐지 않은 손을 바닥이 보이게 내밀어 무린의 주먹을 막았다.

펑!

당연하지만 무린의 주먹에도, 백면의 손바닥에도 내력이 깃들어 있었다. 두 손이 만나는 즉시 공기가 펑 소리를 내며 터졌다.

그리고 백면의 신형이 이번엔 반대로 붕 떠서 뒤로 날아갔다. 하지만 마치 부유하는 것처럼, 사뿐하게 날아갔다.

충격을 해소하고, 남은 힘을 이용해 빠져나온 것이다. 초근접전을 선호하는 백면이라도 이렇게 불리한 자세에서는 결코 욕심을 부리지 않았다.

스윽.

떨어짐과 동시에 다시 자세를 잡은 백면의 신형이 흐릿해지더니 사라졌다. 이 정도라면 거의 극한이다.

정말 극한으로 내력을 끌어 쓰고 있다고 보는 게 맞았다.

무린은 백면의 신형이 사라지기 무섭게 어느 한 지점을 바라봤다. 날카롭게 곤두선 삼륜공이 백면을 위치를 알려왔다.

자세를 잡기 무섭게 백면의 신형이 무린의 옆에서 나타나 지독한 패검을 뿌렸다. 위에서 아래로.

극단적인 태산압정의 자세.

모든 것을 산산이 부숴버릴 기세로 떨어지는 백면의 검을 무린은 그대로 허리를 비틀어 올리려 창으로 후려쳤다.

둘다 작정하고 내려치고, 올려친 공격이다.

쾅!

폭발과 동시에 후폭풍이 거칠게 일어났다. 그리고 그 때문 이지 처음으로 둘의 입에서 신음이 흘렀다.

"큭!"

"흐읍!"

신음과 동시에 백면의 신형은 다시 날아갔다.

하지만 이번에는 아까처럼 사뿐, 나비처럼 날지 않았다. 빠르게 날아가 지면을 몇 바퀴나 구르더니 일어섰다.

무린도 마찬가지였다.

허리를 비틀어 올려쳤는데, 무지막지한 힘에 막혀 강제로 반대로 다시 접혔다. 무린도 그대로 바닥에 처박혔다.

욱신.

일어난 무린은 잠시 옆구리를 쥐었다.

무리하게 비틀려 통증이 느껴진 것이다.

무린은 바로 알아차렸다.

'금갔군.'

반대로 백면도 손목을 슬쩍 돌리고 있었다.

무린의 삼륜공, 파고드는 그 성질의 내력을 제대로 해소하지 못했고, 둘의 내력이 터지며 생긴 반탄력도 전부 해소하지 못해 손목에 무리가 잔뜩 간 상태였다.

결국 둘 다 부상을 입었다.

"……."

"……."

약 십 보 거리.

둘은 마주보고 서 있었다.

두 사람 다 눈동자에는 아직도 거칠게 맥동하고 있는 투기가 있었다. 하지만 성정이 냉정한 사람들이다.

오늘의 대련은 여기까지라는 것을 느꼈다.

"그만 하지."

"오늘은 예가지 해야겠소."

거의 동시에 흘러나온 말.

그래서인지 둘 다 말을 끝내고 피식 웃고 말았다.

스르릉, 탁!

백면이 먼저 검을 수습하고 공터를 나갔다. 백면이 나가는 걸 끝가지 본 무린은 철창을 땅바닥에 박았다.

"……."

후우…….

침묵과 한숨이 동시에 일어났다.

무린의 현재 표정은 그렇게 좋지 못했다. 그리고 그 표정처럼 심기 또한 마찬가지로 좋지 못했다.

이유야 뻔했다.

'강해졌다 생각했거늘.'

사실 비천대에는 적이 없다 생각했다.

하지만 백면이 있었다.

예전에도… 분명이 호각이었다.

'봐줬다는 건가?'

그렇게밖에 생각할 수 없었다.

그게 아니라면 백면 또한 무린처럼 급속도로 성장했다든가. 하지만 백면의 아까 말을 생각하니 그건 아닌 것 같았다.

백면은 처음 비천대에 합류했을 때부터 이 정도 경지였다.

다만 그 당시는 무린이 백면의 숨겨진 실력을 가늠할 수 없었던 것이다. 당시에는 절정에 갓 들어섰을 때였으니 이해는 간다.

'나는 이 정도여서는 안 돼. 더, 더 강해져야 한다.'

우드득.

주먹이 힘이 과하게 들이가서인지 뼈마디가 비명을 질렀다. 이런 행동의 원인은 당연히 자신의 부족함 때문이다.

백면과 호각이라는 사실이 분한 건 아니다.

동료가 강하면 강할수록 비천대에게는 너무나 좋다. 왜냐, 생존확률이 더없이 올라가기 때문이다.

또한 무린은 남을 시기하는 성격이 아니다.

그것만큼 꼴사나운 게 없다고 어머니에게 배웠기 때문이다.

이유는 딱 하나.

'이 정도로는… 비천대를 지키지 못해. 복수는커녕 아직은 악마기병의 조장 둘이나 셋도 감당하지 못한다.'

바로 자신의 부족함.

그 부족함으로 인해 비천대가 희생당할 확률이 높다는 것이 분한 것이다.

무린은 약속했다.

이 이상 비천대의 희생은 없게 하겠다고.

물론, 전쟁이라는 것이 결코 아무런 희생 없이 승리할 수 있는 게 아니다. 그런 사실은 무린이 가장 잘 안다.

지긋지긋 겪었기 때문이다.

아군이 압도적으로 적을 궤멸시켰어도, 아주 당연히 아군의 희생은 있다. 그건 전장에서는 불변의 진리다.

절대로 희생 없는 승리는 없는 것이다.

애초에 적이 처음부터 항복하지 않았다면 말이다.

그런 사실을 잘 아는 무린이 말하는 희생은, 덧없는 희생을 말하는 것이다. 아무것도 못해보고 비참하게.

그렇게 비천대가 전사하는 경우는 절대로 만들고 싶지 않았다.

그런 일이 일어나지 않게 하려면 방법은 하나다.

'더, 지금보다 더 강해져야 한다.'

욕심이다.

솔직히 말해서 무린의 지금 생각은 남이 들으면 과한 욕심이라 할 것이다.

지금도 충분히, 엄청나게 빠른 속도로 강해진 무린이다. 지금보다 더욱 강해지고 싶은 욕망은 솔직히 이해하나, 누가 들으면 분명히 욕심이라 할 것이다.

하지만 무린은 그럼에도 강해지려는 욕심을 버리지 않았다.

문인이 조급해하지 말라고 했지만, 그렇게 누누이 무린에게 말했지만, 이미 몇 번의 상황이 문인의 가르침을 사그리 지워버렸다.

특히 흑산에서의 사선경험과, 마녀와의 만남이 그랬다.

대적(大敵)의 존재를 알게 된 이후 무린은 전에 없는 초조함을 느꼈다. 그래서 매일매일 강해져야 한다는 압박감에 시달리는 것이다.

"후우……."

저도 모르게 하늘을 올려다보는 무린.

저 하늘 높이, 검은 하늘에 점점이 박혀 있는 별은 영롱하고 아름다웠다. 그러나 무린은 갑갑함에 하늘을 올려다 본 것이지, 감상에 젖으려 하늘을 올려다본 게 아니었다.

여유.

무린에게는 지금 여유가 없었다.

시간은 흐르고 흘러 비천대는 다시 중원으로 향했다.

그리고 다시 며칠이 지났을 때, 무린의 여유를 더욱 빼앗아 갈 존재가 이곳에서 얼마 멀지 않은 포구에 발을 디뎠다.

第九十二章 군사(軍師)

"꼭 가야 하겠느냐."

"……."

"……."

얼굴에 주름이 자글자글하지만 두 눈에서는 아직도 혜안
이 빛나는 노년의 문사의 말에 그 앞에 앉아 있던 묘령의 소
저 둘은 그저 침묵으로 일관하고 있었다.

"허어, 이해가 가질 않는구나. 어째서 그 험한 곳을 스스로
가려하는 것이냐……."

노인은 당연히 문인이었다.

그는 지금 눈앞의 두 소저, 무혜와 무월을 보며 답답함에 가슴이 저려왔다.

며칠 전, 무혜와 무월이 같이 문인을 찾아왔다.

그리고 문인에게 충격적인 말을 전했다.

바로 무린의 곁으로 가겠다는 소리였다. 당연히 절대로 허락할 수 없는 말이었다. 그래서 단칼에 거절했다.

한번만 더 그런 소리를 하면 치도곤을 내겠다고 윽박지르기까지 했다. 문인답지 않은 대응이었다.

그러나 무혜와 무월은 그 다음날도, 또 그 다음날도 문인을 찾아왔다. 어쩔 때는 하루 종일 문인의 처소 앞에 무릎을 꿇고 있을 때도 있었다.

무린의 곁으로 절대로 가겠다는 의지의 표현이었다.

"너희들이 간다고 무린이 좋아할 것 같으냐? 오히려 화를 낼 것이다."

"알고 있습니다."

문인의 말에 무혜가 지독하게도 차분한 목소리로 대답했다. 무린이 떠나고 점차 차가워지기 시작한 무혜는 지금에 와서는 아예 북풍한설을 그 여리고 작은 몸에 전부 담고 있었다.

짙은 갈색 눈동자가 마치 푸른 얼음처럼 보일 정도로 그녀의 얼굴과 목소리, 눈동자는 지극히 냉정하고 차갑기만 했다.

보통 사람이라면 눈을 얼마 마주치지도 못하고 피할 정도였다.

하지만 문인은 아니었다.

"알면서도! 알면서도 가겠다는 것이냐!"

쩌렁! 하고 울리는 문인의 호통에, 무월은 어깨를 움찔했지만 무혜는 눈 하나 깜빡하지도 않았다.

"시체가 산을 이루고! 피가 강을 이루는 곳이다! 그런 곳에 너희들을 내 어찌 보내겠느냐! 거기다가 너희들이 가는 순간 무린이는 흔들릴 것이다! 네 오라비를 더욱 위험에 처하게 만들 것이란 소리다!"

"그렇게 만들지 않을 것입니다."

문인의 호통에 즉각 무혜가 대답했다.

다급함은 없었다.

"네게 무슨 힘이 있다고 그런 소리를 하느냐!"

"……."

문인의 말에 무혜는 품에서 무언가를 꺼내, 문인에게 슬쩍 밀었다. 그에 문인은 인상을 찌푸렸다.

서책이었다.

짙은 갈색의 가죽의 겉면에는 헤지고 흐린 글자가 적혀 있었다.

무경십서(武經十書).

"이건……."

"어머니께서 제게 남기신 책입니다."

"……"

문인은 무혜의 대답에 서책을 잡아 펼쳤다.

시작은… 손자병법이었다.

그 뒤는 무패의 명장 오자서가 쓴 오자병법이었다.

사락, 사락.

문인이 책장을 넘기는 소리가 빨라졌다. 책장이 넘어갈 때
마다 문인의 눈동자가 점점 차분해졌다.

이 책에 담겨 있는 게 무엇인지 파악한 문인이다. 무경십서
라 칭해지는 병법서들의 정수만을 담아 만들어진 책.

가장 눈에 담기는 건… 많이 바랜 글자였다.

탁.

책을 내려놓고 문인이 무혜를 혜안 가득한 눈으로 바라보
며 물었다.

"이걸… 이걸 어디서 얻었느냐."

"좀 전에 말씀 드렸습니다."

"정말 연화에게 얻었느냐?"

"……"

무혜는 대답 대신 문인을 예의 그 감정 없는 차가운 눈으로
바라봤다. 문인은 깊은 눈으로 무혜의 눈을 보고, 다른 답이

있다는 것을 깨달았다.

"다른 사람이 전해준 것이구나. 누구냐, 그 사람이."

"……."

"내가 맞춰보랴?"

문인은 안다.

서책에 적혀 있던 글씨체.

그건 문인도 예전에, 젊었을 적 세상에 두려운 게 없었을 때, 이 크나큰 땅에서 내가 최고라고 생각할 때 만났던 한 분의 글씨체와 똑 같았다.

"한명운 선생을 만났더냐."

"……."

그래, 그다.

문성, 한명운.

환란을 대비해 무린을 점찍었던 전대, 그리고 희대의 군사.

"예."

"어디서… 어디서 만났느냐. 그분이 타계하신지 이미 십 년이 훌쩍 넘었거늘."

"어머니를 찾아오셨습니다."

"연화를? 아, 아아… 그래, 그렇구나. 그랬어. 허허, 그랬던 게야……. 허허허."

무혜의 대답에 문인은 무엇인가를 눈치챘다.

마치 하늘에서 지상으로 내리꽂히는 벼락처럼, 등골에 짜 릿짜릿한 전율을 선사하고 사라졌다.

"네 그분을 선생이라 부르지만 그분은 문사가 아니셨다. 알고 있느냐?"

"예."

"그래, 알고 있구나. 한명운 선생께선 원래 군사셨다. 학문 을 공부하는 게 아닌, 전쟁에서 이기는 방도에 도가 트신 분 이시지."

"……."

무혜는 한명운에 대해 잘 모른다.

하지만 어머니, 호연화에게 들은 게 있기는 하다.

문사(文士)가 아닌 군사(軍師)시고, 자신에게 그 서책을 넘 겨주신 것은 필히 그 이유가 있을 것이라고.

그러니… 때가 되지 않았다면 절대로 겉으로 내보이지 말 라고.

그런데 얼마 전 호연화에게 서신이 왔다.

간단하게 적혀 있었다.

때가 왔구나.

무린의 곁으로 가거라.

단 두 줄의 문장에 무혜가 이리 문인의 앞에 있는 것이다.

"세상에는 수없이 많은 기인이사들이 있다. 문성께서는 그중에서도 특별하다. 무슨 맥을 이으신 것인지는 알려진 바가 없으나 가히 그 지략은 하늘에 닿으셨던 분이시지. 세인은 모르지만 나는 알고 있다. 가끔씩 하늘을 올려다보고 깊은 한숨을 내쉬는 이유가 무엇인지. 또한 그리 자주 하늘을 보는 이유가 무엇이었는지. 짚으시는 것이었어. 그래, 연화를 찾아간 게 아니야. 무린이와… 너를 찾아간 것이구나."

"……."

당시의 무혜.

무혜는 너무나 빨리 철이 들었다. 무린도 살림이 너무 넉넉지 않아 집안 일손을 도우면서 빨리 철이 들었지만 무혜는 무린보다도 빨랐다.

아니, 철이 든 정도가 아니었다.

겉으로 내색을 안 하고, 속으로 숨길 줄을 알았으니까.

이유야 하나다.

바로 무린보다 뛰어나다는 소리를 듣기 싫어서였다. 그 정도로 무혜의 철은 깊고, 빠르게 들었다.

그렇게 자신을 숨겼던 어느 날, 역시나 일손을 돕고 싶던 것을 숨기고 동생 무월이를 보고 있는데 한 노인이 어머니를 찾아왔다.

노인을 본 연화는 놀랐다.

평소에 본 적이 없을 정도로 크게 놀랐다.

두 눈이 흔히 말하는 화등잔 만하게 커졌으니까.

그리고 항상 꼿꼿하던 분이 일어나 깊게 예를 취했다. 대례는 아니었지만, 어른 무혜가 보기에도 정중하고 예의가 발랐다.

그 예를 받은 노인은 무혜가 보기에도 기분 좋을 정도로 시원하게 웃었다.

그 후 연화는 마당에서 무월이와 놀아주던 무혜를 집밖으로 내보냈다.

그러더니 아주 오랫동안 얘기를 나누셨다.

해가 중천에 떴을 때 시작해, 해가 땅 끝에 걸리고 나서야 끝났으니 거의 두세 시진은 대화를 나눈 것이다.

배고프다고 징징대는 무월이 때문에 집으로 돌아온 무혜는 마침 문 앞에서 나오는 노인과 마주쳤다.

한참을 무혜를 바라보던 노인은 고 품 안에서 좀 전 문인에게 건넸던 서책을 꺼내 고사리처럼 작은 여린 무혜의 손에 쥐어줬다.

그리고 한 말을 무혜는 아직도 기억했다.

'애는 애다워야 한단다.'

당시의 무혜.

이제 채 열 살이 갓 넘어가는 시기였으니 애초에 이해를 해서는 안 되는 한마디였다. 그렇지만 무혜는 이해했다.

노인이 가고 대문안으로 들어서 깊은 시름에 잠겨 있는 호연화의 앞에 선 무혜는 애처럼 굴었다.

무혜는 아직도 기억한다.

'엄마! 엄마! 저 할아버지가 이거 줬어요. 이랬었나……'

눈밑에 거뭇한 기운이 가득한 눈으로 무혜에게 서책을 받아 살펴보던 호연화는… 무혜의 머리를 쓰다듬으며 이렇게 말했다.

'혜야. 이제는 안 그래도 된단다.'

'……'

당시의 혜는 그 말에 말문이 턱 하고 막히고 말았다. 역시 호연화는 알고 있었던 것이다. 아니, 사실 모를 리가 없던 일이다.

호연화의 성격을 딱 그대로 빼다 박은 게 무혜였으니, 자신의 어린 시절과 아주 똑같던 무혜의 모습을 호연화가 모를 리가 없었던 것이다.

얼굴을 저도 모르게 경직된 무혜의 머리를 호연화는 다시 쓰다듬었다.

그리고 다시 말했다.

'배워 두렴. 하지만 명심해야 한단다. 이걸 배워도 이 엄마
가 말하기 전까진 절대로 쓰지 마렴. 알았지?'

'……'

호연화의 차분하고 깊지만, 힘이 없는 목소리에 무혜는 천
천히 고개를 끄덕였다. 본능에 따라 반사적인 끄덕임이 아닌,
실제로 이해했다라는 의미가 담긴 끄덕임이었다. 그 이후 호
연화는 무혜에게 노인이 누구인지 얘기해 줬다.

그렇게 시간이 흘렀다.

무린은 북방으로 끌려갔고, 어머니도 본가로 다시… 잡혀
갔다. 인내의 시간 동안 아버지마저 돌아가셨다. 하지만 그럼
에도 무혜는 참았다.

참고, 또 참았다.

자신의 머릿속에 담긴, 한명운 선생이 직접 저술한 무경십
서의 내용. 단 하나도 세상 밖으로 끄집어내지 않았다.

솔직하게 얘기하자면 무경십서의 내용은 말 그대로 십서.
열 개의 병법서의 정수를 추출한 것이다.

그래서 특별한 게 없었다.

마음만 먹으면 사본 정도는 쉽게 구할 수 있으니까 말이다.

하지만 그걸 익힌 인재가 적재적소, 상황에 맞춰 쓰게 되는

순간 특별해지게 된다. 더욱이 한명운이 직접 저술한 무경십서다.

힘을 만드는 방법은 물론 그걸 쓰는 방법도 있었다.

무혜가 마음만 먹었다면…….

잘하면 남궁세가를 주춧돌부터 뒤흔들었을 것이다.

무혜의 의식이 현실로 돌아왔다.

무혜의 입이 열렸다.

"다른 이유도 있습니다."

"다른 이유라… 무엇이냐."

"오라버니의 곁에 있는 비천대… 제가 불렀습니다."

"……."

"관평 소협과 장팔 소협은 망설였습니다. 하지만 제가 부추겼습니다. 불러 달라 했습니다. 당시 사경을 헤매던 오라버니의 한을 풀어 달라 했습니다."

"……."

무혜의 말에 문인은 침착함을 잃지 않은 차분한 눈으로 무혜를 지켜보기만 했다.

"전쟁은 항상 승리할 수만은 없다는 것을 압니다. 언제나 희생은 따른다는 것도 압니다. 소문에 비천대가 북원의 기병과 붙어 패했다는 것도 들어 알고 있습니다."

무혜가 부추겨 모인 비천대가 이미 오분지 일이 죽었다.

"솔직한 마음을 말해 보거라."

"……."

문인의 말이 이번에는 반대로 무혜의 입을 막았다.

꿰뚫어 보는 혜안이 무혜의 눈동자를 직시했다.

속이는 게 있는 걸까?

아니, 그런 건 아니다.

무혜는 착실하게 따르고 있었다.

어머니가 했던 그 말을 그대로.

마치 강박관념에 박힌 것처럼 말이다.

"오라버니에게 모든 짐을 얹혀놓기 싫습니다."

"그래, 그게 본심이구나."

맞다.

이게 무혜의 본심이었다.

한명운 이야기고 뭐고 다 떠나서, 무혜는 무린을 돕고 싶었다. 무린이 혼자 그렇게 발악하는 모습.

참으로 보기 힘들었다.

인내의 한계가 무엇인지 매일매일 피가 마르도록 겪었다.

무혜.

문성 한명운의 전진을 이은 숨겨진 제자라고 봐도 좋다.

즉, 소향과… 사제지간이라는 소리다.

그런 무혜가 지금까지 웅크리고 있었다.

참고 또 참고, 인내하고 또 인내하고.

결국에는 같은 말을 매일을 반복하고 세뇌하면서, 그렇게 지내왔다. 하지만 이제는… 아니었다.

내보이지 말라고 했던 어머니가, 이제 가서 무린을 도우라고 한다.

망설일 이유가 없는 것이다.

"천명인가……."

문인이 보이지 않는 하늘을 올려다보며 중얼거렸다. 문인은 알고 있다. 전대 문성 한명운이 알고 있던 것을 문인이 모를 리가 없었다.

이미 한명운의 타계 전에, 그와 직접 만나 그의 입으로 들어 알고 있었다.

"어찌, 어찌하여 한 가족이 전부……."

호연화, 무린, 무혜.

어쩌면 그 이전부터 이 가족을 옭아 매고 있는 처절한 악운의 쇠사슬. 그 끊을 수 없는 숙명의 사실은 한 가족의 전원을 붙들고 결코 풀어주지 않고 있었다.

"어찌, 어찌 이리 처절할 수가 있나……."

무린에 이어 무혜까지 이 지독한 숙명을 등에 짊어지고 있다고 생각하니 문인은 나오는 탄식을 금할 길이 없었다.

"내일 아침 떠나겠습니다."

"……."

무혜의 통보에, 문인은 아무런 말도 하지 못했다.

후우.

뭐가 명분이 있어야 잡아 놓을 것이 아닌가. 단순 무린을 그냥 도우러 가겠다고 하는 거면 말릴 수 있다.

하지만 그게 아니었다.

여태껏 몰랐던 것.

무혜가 바로 한명운 선생의 숨겨진 제자였다는 것.

그게 뜻하는 바는 하나다.

무혜는… 천명을 받은 여인이라는 것.

이것 말이다.

문인은 이 전쟁 말고도, 그 뒤에 있을 환란도 알고 있다. 너무나 확실하게 알고 있다. 몇 달 전 소향까지 만나 대책을 논의 했던 문인이다.

천명.

문인은 천명을 믿는다.

그 천명이 이끌기 시작하면… 무슨 수를 써도 결코 막을 수 없다는 것을 안다. 지금도 마찬가지.

말린다고 쳐보자.

무혜가 과연 가만히 있을까?

말린다고 조용히 제갈세가의 품 안에 있을까?

절대로 그렇지 않을 것이다.

어떻게 해서든 무혜는 문을 열어 재끼고 나갈 것이다. 그게 정상적인 방법이든, 비정상적인 방법이든, 분명이 그럴 것이다.

무혜가 저렇게 마음을 먹은 것은 이미 그렇게 천명이 이끌고 있다는 것.

그러니 막을 방도는… 없다.

"제영."

슥.

그 말이 끝나기 무섭게 복면을 쓴 한 무인이 문인의 뒤로 나타났다. 무월은 놀라 반사적으로 신음이 나오려는 입을 손으로 틀어막았지만, 무혜는 놀라지 않았다.

문인 정도의 인물이 아무런 호위도 없을 것이라 생각지 않고 있었기 때문이다.

"대화는 모두 들었을 것이네."

"네, 들었습니다."

"이제부터 내 권한으로 제영일대의 임무를 바꾸겠네."

"……."

제영이라 불리는 무인이 침묵하자 무혜를 가만히 바라보

며 문인이 뒷말을 입에 담았다.

"지금부터는… 이 두 아이를 지켜주시게. 절대로, 절대로 조금도 다쳐서는 안 될 것이야. 이는 세가의 일장로, 나 제갈 문인의 권한으로 내리는 명령일세."

"존명."

제영은 그렇게 답하더니 다시 스륵, 연기처럼 사라졌다.

그가 사라지자 문인은 무혜를 보며 다시 말했다.

"지금부터 제갈세가의 수신호위, 제영일대가 너희를 지켜 줄 것이다. 걱정 말거라. 주변에 흩어져 은신한 채로 너희들 을 지켜줄 것이니 이목에는 신경 쓸 일도 없을 것이다. 후우, 미안하구나. 내가 해줄 수 있는 이것밖에 없구나."

진심으로 미안해하는 문인의 말에 무혜는 고개를 저었다. 그리고 역시나 차분한 목소리로 대답했다.

"아닙니다. 큰 도움이 될 것입니다."

"한 가지만, 한 가지만 명심할게 있다."

"예."

"네가 무린의 곁에 간다면 역시나 너는 남을 것이다. 무 린이 녀석은 단호하지만, 너희에게 만큼은 약한 아이니 말 이다. 그리고 거기서 네가 맡을 일은… 역시 군사겠지. 군 사란 직업은 많은 생각을 해야 한다. 최대한 많은 정보를 토대로 전략을 짜야 하고, 불안정한 정보는 과감히 버리도록 해라. 또한 전쟁은 언제나 불특정 변수들이 존재할 것이다. 네가 아무리 한명운 선생님의 진전을 이었다고 해도 결코 네 능력을 과신해서는 안 될 것이다. 네 선택 하나 하나가, 비천대의 승과 패, 나아가서 목숨을 결정짓게 될 것이다."

"예, 명심하겠습니다."

하나가 아닌 수도 없이 많은 말이 담겨 있었지만 무혜는 대답과 함께 묵묵히 고개만 끄덕였다.

"더 이상 말을 한들… 무엇하리. 나가거라."

"……."

"……."

무혜는 깊게, 앉은 자세에서 깊게 예를 올리고 일어났다. 그런 무혜의 행동을 따라하고 무월도 자리에서 일어났다.

돌아서서 문을 연 무혜는 잠시 멈칫했다.

바로 앞에 서 있는 단아한 여인.

이제는 만개한 꽃.

세상이 이렇게 뒤숭숭하지 않았다면 산동일미라는 호칭은 단숨에 얻었을 제갈려가 서 있었기 때문이다.

무혜처럼 차분한 눈동자 속에 담겨 있는 깊은 고집이 무혜를 멈칫하게 만든 두 번째 이유였다.

"……."

"……"

친해질 만큼 친해진 두 사람이라 평소에는 인사라도 나눴겠지만 지금 이곳의 분위기는 무겁다 못해 천근의 압력이 느껴졌다.

사락.

무혜가 먼저 움직이며 려를 스쳐 지나갔다. 그때 서로의 옷깃이 부딪치며 작은 소음을 만들어냈는데 그 소리가 마치 천둥처럼 들렸다.

문인은 무혜와 무월이 나가고, 문 앞에 서 있는 려를 보고 눈을 지그시 감았다.

"허어……"

그리고 입에서는 한숨이, 너무나 짙은 한숨이 흘러나왔다.

려가, 자신의 손녀가 무슨 이유로 여기에 왔는지 너무나 잘 알기 때문이다.

"……"

려는 가만히 문인의 앞에 앉았다.

무릎을 꿇고, 정중하게.

"너도 무린이에게 가려 하느냐."

"……"

려는 대답 대신, 조심스럽게 고개를 끄덕였다.

그에 문인은 눈을 감았다.

모르고 있었을까?

설마.

문인은 손녀딸이 자신의 마지막 제자인 무린을 가슴에 가득 담았다는 걸 너무나 잘 알고 있었다.

문인도 눈이 있고, 귀가 있다.

이제는 다 커서 자신의 수발을 들어주지만 몇 년 전까지만 해도 무린이 돌봐왔던 게 려였다. 그런 려가 행동이 변하는 걸, 너무나 옆에서 잘 봐왔기 때문이다.

그리고 지금, 그런 손녀딸이 무린의 곁으로 가겠다고 한다.

단호하게…….

안 된다.

하고 싶었다.

아니, 실제로 려는 큰 명분이 없다.

무혜야 뚜렷한 이유가 있지만 려는 없는 것이다. 있다면 사랑하는 이의 곁으로 가겠다. 이게 전부였다.

하지만 반대로 본다면… 그게 가장 큰 이유다.

이 세상 그 누구도 막을 수 없는 너무나 거대한 명분이었다.

사랑.

애.

이 단어는 작지만, 세상에서 가장 큰 단어였으니 말이다.

"내가 막는다면 어찌 하겠느냐."

"가지 않겠어요."

"가지 않겠다?"

"네, 다만……."

"……."

려는 뒷말을 하지 않았다.

하지만 굳이 뒷말을 들을 필요가 없는 문인이었다. 자결을 하겠다. 이런 멍청한 생각은 하지 않을 것이다.

제대로 배운 려가 그런 생각을 할 리가 없으니까.

"가거라. 내가 이미 그렇게 무린이를 마음에 담았다고 하면… 가서 무린의 옆에 있어주거라."

문인은 단호하게 말했다.

이미 자신의 손녀딸과도 같은 무혜와 무월이도 허락했다.

려가 자신의 친 손녀딸이라 그 안위를 걱정해 막는 것은 옳지 못한 행동이라 생각했기 때문에 나온 대답이었다.

"……."

려는 조심스럽게 고개를 숙여 문인에게 인사를 하고, 밖으로 나갔다. 문인은 려가 나가자 깊게 한숨을 내쉬었다.

"허어……."

그 어느 때보다 깊은, 정말 폐부 가득 들어 있는 공기를 전부 쥐어짜낸 한숨이었다. 하지만 문인은 곧바로 자리에서 일어났다.

지금 이러고 있을 시간이 아니었다.

저 아이들이 준비를 한다고 하겠지만, 그것만 믿을 수는 없었다.

'내 모든 것을 걸어서라도 너희들만큼은 안전하게 해주마.'

다짐.

잠시 동안 별 하나 없는 하늘에 문야라는 명성까지 걸고 맹세한 문인이 도착한 곳은 바로 가주의 전각이었다.

잠시 후, 꺼져 있던 가주전의 불빛이 다시 들어오고 그 불빛은 한참이 지나도록 꺼지지 않았다.

*   *   *

봉래현.

산동성 동쪽 반도의 윗부분에 위치한 바다마을이다. 예전부터 고려, 이어서 조선과의 교역을 해오던 현이기에 그 규모는 산동 내륙의 현들보다는 상대적으로 큰 현이었다.

그런 봉래현에 마차 한 대가 들어섰다.

그리고 그런 마차를 둘러싸고 있는 약 이십의 무인.

특징 없는 검은 무복을 걸친 그들이지만 딱 봐도 기도가 장난이 아니었다. 서늘하게 내려앉은 선두의 무인이 마을의 경비를 서고 있던 명군의 병사에게 패를 내밀었다.

"어?"

"……."

놀라서 고개를 지켜든 병사는 싸늘한 무인의 얼굴에 흠칫했다. 명군이 제아무리 날고 긴다 해도 이 패를 보유한 자에 비하면 발끝에 때만도 못하다.

"토, 통과……."

"통과!"

조장으로 보이는 선임병사가 말을 조금 더듬고 통과라고 중얼거리듯이 말하자 그 옆에 있던 병사가 통과! 하고 우렁차게 소리쳤다.

무인은 패를 수습하고 다시 고삐를 잡아 당겨 봉래현으로 들어갔다.

"후우……."

조장의 한숨에 그 옆에 있던 후임이 슬쩍 물었다.

"누굽니까?"

"금검."

"금검이요? 그게 누군데요?"

후임의 반문에 조장의 얼굴이 와락 일그러졌다.

그리고 손을 채처럼 휘둘러 뒤통수를 빡! 하고 갈겨 버렸다.

"악! 왜 때립니까?"

"넌 이 새끼야, 산동에 산다는 놈이 제갈가의 금검을 몰라?"

"아, 제갈가의 금검이요? 아! 금검대주!"

"그래, 새끼야!"

다시 한 번 조장의 손이 채찍으로 변했다.

빡!

"악!"

"산동제일검이다. 얼굴 잘 새겨놔!"

"네!"

산동제일걸, 혹은 제갈세가의 금검대주.

이제 불혹에 접어든 제갈세가가 자랑하는 최고의 무인.

제갈명(諸葛明)이다.

방계 출신인 그는 어려서부터 보인 뛰어난 재질로 특혜를 받아 소천신공과 대천신공은 물론 검법으로는 소천성검, 대천성검까지 전수받아 제갈세가 최고의 무력부대인 금검대의 대주에 서른이 갓 넘은 나이로 오른 입지전적인 인물이었다.

"이야… 천하의 금검대주를 보다니, 오늘은 운이 좋은데요? 그런데 얼굴은 꽤나 삭막하군요?"

"그래, 그래서 금검 말고 한천검이라고도 부르지."

후임의 말에 조장은 한천검이라고 언급했다.

어떤 내공심법은 각각 특유의 성질을 내포하고 있다.

제갈명은 소천신공과 대천신공 말고 특별한 심법을 하나 더 익히고 있었다.

한천공이라 불리는 심법이다.

그가 약관을 넘기고 강호를 주유할 때 얻은 심법으로 이걸 익히기 전의 그는 어디 나무랄 데 없는 성격이었던 그가 저리 냉막하게 변한 게 바로 한천공 때문이었다.

"근데 천하의 금검이 호위를 선다? 저 마차에 제갈세가주라도 탔나 보네요?"

후임의 의아한 음성에 조장도 그러게? 하는 표정이 되었다.

"하지만 마차가 너무 작지 않냐? 제갈세가주 정도면 못해도 육두마차는 탈 텐데?"

"아, 저번에 제남에서 근무할 때 한번 봤는데 제갈세가주가 타는 마차는 칠두던데요?"

"그럼 제갈세가주란 소리는 아니네?"

"그렇겠죠?"

두런두런 나누는 대화는 봉래현으로 들어서던 사람들의

귀를 솔깃하게 했다. 민간백성들이 아무리 세상사에 무지해도 제갈세가만큼은 알기 마련이다.

그리고 금검.

산동에서는 지나가는 삼척동자도 아는 이름이다. 아이들은 영웅을 좋아한다. 이름 있는 무인, 장군 등등.

산동에서만큼은 금검, 혹은 한천검이 최고였다.

그렇게 봉래현 입구에서 입방아의 대상이 된 제갈세가의 마차는 봉래현에서 가장 큰 객잔 앞에 도착했다.

제갈명은 능숙하게 아직 어린 점소이에게 말의 관리를 부탁하고는 마차 문을 열었다. 문이 열리자 사뿐한 걸음으로 세 명이 내렸다.

전부 여성.

그것도 꽃다운 나이의 처자들.

당연히 무혜와 무월. 그리고 려였다.

"군사님, 아가씨, 도착했습니다."

"……."

무혜가 가만히 제갈명을 바라봤다. 그런 무혜를 제갈명도 가만히 바라봤다.

"죄송합니다."

"후우……."

무혜답지 않게 고개를 절레절레 저었다.

이러는 이유는 바로 아가씨라는 호칭 때문이었다. 아가
씨는 큰 존칭이 아니다. 이 나이 또래라면 대게 그렇게 부
른다.

하지만 호칭과 함께 따라오는 과한 예절이 문제였다.

마차에 호위로 붙은 금검대는 총 서른.

고르고 고른 금검대 전제에서도 가장 정예가 모여 있었다.
과하다? 맞다. 어떻게 보면 과하다고 봐도 좋았다.

세가의 수신호위인 제영일대도 주변에 은신해 있었다. 그
리고 금검대까지. 이 정도면 제갈세가 무력의 오분지 일에 해
당된다.

이들은 전부가 들었다.

려야 문인의 손녀이니 말할 것도 없고, 무혜가 전대 문성의
제자라는 사실을 확실하게 전달받았다.

배분으로 따지면… 제갈명조차 상대가 안 된다.

전대의 문성.

한명운이 가지는 영향력은 그가 있었던 북방, 그리고 노년
에 나온 강호 전체에서도 엄청난 힘을 발휘했다.

그래서 이들이 무혜에게 보이는 행동은 정말 극공경에 가
까웠다. 제갈세가에서도 가장 잘 배운, 예와 도덕, 그 모든 것
을 제대로 깨달은 무인들이었기에 가능한 일이었다.

그러나 그게 무혜는 부담스러웠다.

사실 진무린, 쩌렁쩌렁 명성을 떨쳐 울리고 있는 비천객의 동생이라는 이유만으로도 무혜와 무월은 제갈세가에서 대접을 받았다.

더욱이 무린이 문야의 마지막 제자라는 사실이 더욱 대접의 질을 올려줬다. 제갈세가 제일장로의 제자는 사실 제갈세가의 직계라고 봐도 전혀 이상할 게 없었기 때문이다.

하지만 지금은 그때와 또 다르다.

만약 그때가 상이었다면, 무혜가 전대 문성 한명운의 제자라는 사실을 밝히고 난 지금은 극상이라고 볼 수 있었다.

"……."

"……."

가만히 노려보듯 제갈명을 보던 무혜는 제갈명이 미동도 안하고 그 눈을 맞받자 어떤 말도 하지 않고 객잔 안으로 들어갔다.

"어떻게 안 될까요?"

려가 제갈명에게 말했다.

그러자 제갈명은 아주 단호하게 고개를 저었다.

"말도 안 되는 일입니다. 한명운 선생님의 제자 분께 말을 놓는다니요. 강호동도들이 저를 보고 미쳤다고 할 겁니다."

"하지만……."

"죄송합니다. 그 부분은 저도 절대 양보할 수 없습니다. 이건 저희 금검대 전체의 뜻이니 알아주십시오."

"후우… 알겠어요."

려는 단호한 제갈명의 말에 한숨을 쉬며 수긍했다. 사실 그녀도 제갈명의 심정을 이해는 하고 있었다.

하지만 무혜가 그걸 너무 불편해 하고 있었다.

그래서 려도 몇 번이나 말을 꺼내봤지만 제갈명이 너무나 단호했다. 려도 체념하고 들어가자 제갈명은 바로 수하에게 지시를 내렸다.

"윤원, 인걸. 가서 배편을 알아보고 와라. 나머지는 객잔을 포위, 호위한다. 분명히 말하지만 단 한 명도 들여보내지 마라. 안에 계신 게 누군지 상기해라. 저분이 잘못되면 우리는 미래의 희망 한 조각을 잃게 되는 것이다."

"명."

제갈명의 서늘하고 단호한 말에 금검대 전체가 아주 낮은 목소리로 복명했다.

이곳에 있는 금검대는 오 년 뒤의 일을 대비해 키워진 무력 부대다.

어려서부터 선발되어, 아주 세뇌에 가까운 교육을 받았기 때문에 무혜의 존재가 얼마나 중요한지 아주 제대로 인지하고 있었다.

서른의 금검대가 두 조로 나뉘어 객잔을 에워 쌌다.

그 광경을 보고 나서야 제갈명은 안으로 들어갔다.

한편 객잔안의 한쪽에 자리를 잡고 있던 셋은 얘기가 한창
이었다.

"어제 받은 서신에 따르면 오라버니는 지금 길림성 무송과
림강 근처에서 소규모 기습전을 펼치고 있는 것 같아."

촤락.

무혜의 품에 돌돌 말린 양피지 하나가 나왔다. 몇 장으로
겹쳐진 양피지를 살펴보던 무혜는 그중 한 장에 식탁에 펼쳤
다.

맨 위에 '길림' 이라고 적혀 있었다.

군사지도였다.

이런 군사지도는 군에서 엄중히 관리하지만 제갈세가의
영향력으로 출발 전에 문인에게 받은 지도였다.

"……."

"……."

무혜의 눈동자가 지도에 박히는 순간 더욱 더 침잠해 들어
가기 시작했다. 무슨 생각을 하는 것일까?

"월아, 어제 서신을 줘봐."

"응, 언니."

무혜가 지도에서 눈을 떼지도 않고 무월에게 손을 내밀며 말하자, 급히 무월이 무혜의 손에 종이뭉치 하나를 내밀었다.

무혜는 그 종이뭉치를 탁자에 다시 펼쳤다. 지도를 중심으로 둥글게 펼쳐진 서신은 한눈에 봐도 복잡해 보였다.

빼곡하게 적혀 있는 글자가 그 도를 더하고 있었다.

무혜의 시선은 지도와 서신을 쉴 새 없이 넘나들었다.

서신에는 비천대의 움직임과 북원, 그리고 마도육가의 이동경로가 적혀 있었다. 이 정보는 모두 운삼을 통해 내려온 것이다.

도대체 이 정보를 무혜가 어떻게 받았을까?

정확히는 운삼이 제갈세가 문인에게 보낸 것이고, 그게 다시 무혜에게 건너온 것이다.

아직 무혜의 정체를 알고 있는 자들은 기껏해야 문인, 무월, 려, 그리고 제갈세가주인 제갈문광. 금검대와 제영일대가 전부였다.

상당히 많은 사람이 알고 있는 것은 맞지만 정작 무린이나 소향은 무혜의 정체는 모르고 있었다.

"길림에서 출발한 보급대가 현재 영길, 반석, 매하구를 거쳐……."

무혜의 눈이 서신 한쪽에서 멈췄다.

그리고 다시 지도로 향하는 무혜의 시선은 비천대가 기습전을 펼쳤다던 무송과 림강으로 꽂혔다.

"오라버니라면 칠거야."

"보급대의 병력이 몇이에요?"

려의 질문에 무혜는 다시 서신으로 시선을 보냈다.

"이천."

확인즉시 답을 내놓는 무혜였다.

하지만 그런 무혜의 대답에 무월과 려는 침묵했다.

그녀들도 바보가 아닌지라 이천이 대체 얼마나 많은 병력인지 잘 알고 있었다. 그렇기 때문에 말문이 막힌 것이다.

"……."

"……."

상식이 있다면 결코 이백으로 이천의 병력을 치지는 않을 것이다.

잘하면 한 명이 열 명은 상대할 수 있다. 하지만 열 명이 백 명을 상대하기란 지극히 어려운 일이다.

한 명대 열 명은 싸움이지만, 열 명대 백 명은 전쟁이기 때문이다.

싸움과 전쟁은 판이하게 다르다.

병력을 운용하는 용병술도 필요하고, 전략이 필요하다.

그런데 이백대 이천이다.

무혜는 다시 생각해봤다.

'오라버니는 결코 자만하지 않을 거야. 신중하신 분이니까. 하지만 이번 보급대는 엄청난 규모라고 했어. 내게 들어온 정보니 오라버니도 알고 있을 거야. 과연… 무시할까?'

무린이라면?

오라버니라면……?

어떻게 했을까?

'공격할 거야.'

무혜는 답을 내렸다.

무린이라면 공격할 가능성이 컸다.

그 이유가 좀 전 무혜가 봤던 서신에 적혀 있듯이 북원의 보급대가 너무나 대규모였기 때문이다. 못해도 몇 만이 사용할 물자라고 적혀 있었다.

거기다 더 큰 문제는…….

'이게 거짓 정보가 아니라는 점. 또한 함정도 아닌 것 같다는 점이야.'

진짜로 이천 병력의 호위를 받고 가는 보급대인 것이다.

그러니 이걸 무린이 놓칠 이유가 없다고 생각했다.

막고 싶지만 막을 수 없다.

이제 무혜는 군사의 위치에 서야 하기 때문에 지금 저 보급대는 반드시 격멸해야 한다는 걸 깨닫고 있기 때문이다.

"그럼 지금은… 혹시 모를 일에 대비해야 돼. 오라버니라면 퇴로를 잡고 공격을 할 거야. 만약의 사태에 대비한다면 나는 지금…….'

지도위에 두 글자에 무혜의 시선이 꽂혔다.

백산(白山).

흰 산이라는 뜻의 두 글자에 무혜의 시선이 고정됐고, 무혜는 이곳이 무린이 생각해 놓은 퇴각로라고 생각했다.

"혹시 다른 곳으로 갈수도 있지 않을까요?"

려가 물었다.

그러자 무혜는 고개를 끄덕였다.

"그럴 수도 있어. 하지만 이미 림강과 무송에서 활동을 했어. 그러니 그쪽은 이미 해방이 됐을 거야. 비천대가 움직여도 당연히 그쪽으로 갈 거야. 그리고 지형을 아는 쪽이 더 유리하기도 해. 되돌려 반격도 할 수 있으니까."

"아……."

"그러니 우리는 백산으로 갈 거야. 금검대주님, 배는 언제 뜨는지 알 수 있을까요?"

가만히 얘기를 듣고 있던 제갈명은 무혜의 질문에 바로 대답을 했다.

"알아보러 갔습니다. 하지만 이미 전에도 말씀드렸던 대로 오늘이나 내일 아침에는 뜰 겁니다. 걱정하지 마십시오."

"최대한 빨리 가야겠어요."

"네, 노력하겠습니다."

무혜의 말에 제갈명은 그렇게 대답하고, 다시 객잔 밖으로 나갔다.

무혜가 말했던 대로 최대한 빨리 배를 띄우기 위해서였다.

무혜는 제갈명이 나가는 모습을 확인하고 다시 서신과 지도, 그 사이로 정신없이 시선이 왔다갔다 하기 시작했다.

다른 가능성.

그걸 찾기 위해서였다.

하지만 무혜가 지금 사실 찾고 있는 가능성은 딱 하나였다.

보급대를 치지 않을 가능성.

그러나 무혜의 사고는 계속해서 그럴 일이 없다 하고 있었다.

"후우……."

무혜의 입에서 깊은 한숨이 나왔다.

그런 무혜를 보는 려와 무월은… 그저 입을 닫고 지켜볼 뿐이었다.

시간은, 계속해서 그렇게 흘렀다.

그리고 무혜의 생각은… 맞았다.
무린은 지금 매하구에 있었다.

第九十三章　기습전(奇襲戰)

귀환병사

매하구.

길림에서 북문으로 나와 관도를 타고 쭉 가다 보면, 요녕성
이 들어가기 전 마지막으로 거치게 되는 현의 이름이다.

내려오는 강줄기와 바로 붙어 있기 때문에 하구라는 이름
이 붙은 곳. 그리고 지금은 불타 잿더미가 된 마을의 이름이
었다.

"예상은 했지만… 역시나군."

강 건너편에서 매하구의 처참한 모습을 살펴보던 제종의
한마디였다. 한쪽 눈을 잃어서 한 대를 차고 있는 제종의

모습은 마치 산도적 같았지만, 남은 한쪽 눈에서 피어오르는 정광은 일개 산적과는 감히 비교가 불가능한 모습을 보여줬다.

"애들 몇 보내겠습니다."

"……"

관평의 말에 무린은 고개를 끄덕였다.

무린이 고개를 끄덕이자 관평은 바로 뒤로 돌아 몇몇 비천대원에게 명령을 내렸다. 그 명령을 받은 비천대원은 열 명.

그들은 바로 하마해서 갈대숲을 가로질렀다. 그리고 일 채의 망설임 없이 강물을 향해 몸을 날렸다.

물결을 타고 비스듬히 헤엄쳐 내려간 비천대원이 반각도 안 되어 반대쪽 기슭에서 모습을 나타냈다.

그리고 다시 건너편 수풀 사이로 모습이 사라졌다.

"생존자는… 있을까요?"

"알면서 묻지 마라."

단문영의 말에 무린은 곧바로 대답해 질문자의 입을 막아버렸다.

이미 육안으로도 잿더미가 보일 정도다.

화마가 쓸어도 예전에 쓸었는지 온기라고는 단 한 점도 없었다. 채 전부 타지 못한 집의 뼈대만 보일 뿐이었다.

"하루 정도 남았나?"

"네, 대주."

이천의 보급대가 온다.

운삼과 갈충이 동시에 보내온 서신에 무린은 거의 하루 동안 상의 끝에 결정을 내렸다. 애초에 대규모 전투는 아예 생각도 안 했다.

무린은 분명하게 그 부분을 말했었다.

하지만 그럼에도 갈충이 받아 전해준 서신과, 운삼이 보내온 서신이 동시에 대규모 보급대가 움직인다고 했고, 두 정보가 다 이 보급대에 그 어떤 함정의 느낌이 보이지 않는다는 소리에 무린은 조장들을 불러 아주 오랫동안 상의를 했다.

예전에 했던 말을 번복해야 했기 때문이다.

애초에 피해를 최소화하기 위해 대규모 접전을 피하려고 했다. 완벽히 승리할 수 있는 전투만 하려고 한 무린이다.

그리고 그 결과, 림강과 무송의 전투에서는 완벽하게 적을 압살해 버렸다.

두 전투에서 희생자는 전무. 부상자는 열 댓. 적의 사상자는 육백이 넘고, 포로는 단 하나도 남겨두지 않았다.

투항을 해와도, 무린은 목을 쳤다.

아주 단호하게.

통화 전투에서 보았던 아이의 시신을 무린은 잊지 않은 것이다.

하지만 이번에는 그런 전투가 아니었다.

많은 준비를 했지만, 확신은 힘든 전투였다. 하지만 그럼에도 이 전투를 치르려 결정한 것은 두 가지의 이유가 있었다.

하나는 적이 일반 호위병이라는 것.

이천이라도 비천대의 기동력이 우위다. 그건 확실하다. 호위대에도 기병이 있긴 하지만 서신에는 북원의 정예인 기병이 보급대에는 채 일백도 되지 않는 다는 점이었다.

두 번째는… 바로 단문영의 존재다.

그녀가 만든 마비독이 이 전투를 해야겠다고 마음먹은 두 번째 이유였다. 단문영이 만든 마비독은 정말 확실했다.

직접 무린이 확인해본 결과, 마비독에 노출되는 그 순간 바로 뼈에 스며드는 한기를 느끼게 든다.

오한과 비슷한 이 한기는 곧바로 육체에 제동을 걸었다.

이를 악물면 움직일 수 있지만 그러지 않으면 주저앉아 덜덜 떨 수밖에 없는 위력이었다. 과연 만독문 소리가 나올 독인 것이다.

무린은 그걸 몰아내려고 내력을 쥐어짜내는 정도는 아니어도 일류과 삼류를 동시에 운용하고 나서야 벗어날 수 있었다.

"준비는?"

"여기요."

무린의 말에 단문영이 품에서 입구가 꽉 밀봉된 가죽주머니 하나를 꺼냈다. 그녀의 주먹 크기에 달하는 가죽주머니는 묵직해 보였다.

저 안에 들어 있는 게 분말로 된 마비독이다.

"바람이 몰아치면 적어도 반은 무력화 될 거예요."

"제라도 지내야겠군."

바람을 기원하는 제라도 올리고 싶은 무린이었다.

하독은 바람을 타고 해야 했다.

적은 양도 아니니 완전한 바람을 타고 하독을 해야 제대로 적을 무력화시킬 수 있기 때문이다.

"지금처럼만 불어도… 딱 좋아요."

휘이잉.

칼바람이 단문영은 물론 무린, 비천대의 머리카락을 사정없이 휩쓸었다.

머리를 매만지는 단문영은 웃지도, 슬프지도 않은 표정이었다. 무린은 그 대답에 다시 시선을 돌려 매하구를 바라봤다.

아주 재미있게도, 매하구는 삼면이 언덕이다.

강가가 있는 쪽을 빼면 모두 삼면이 모두 경사가 진 곳이란 소리다. 그리고 그 밑에 매하구 현이 들어서 있었다.

이 삼면의 언덕을 빼면 다른 곳은 전부 평지다.

원래 이런 곳에는 마을이 들어서기 쉽지 않았다.

포위라도 당하면 정말 답이 없었기 때문이다. 그리고 실제로 이번에 북원의 군세에 매하구는 저항할 생각조차 하지 못하고 몰살당했다.

삼면에서 밀고 들어와 그냥 쓸어버린 것이다.

그런 매하구가 이렇게 분지와 비슷한 곳에 생성된 이유는 이 지역은 예로부터 바람이 많이 불었기 때문이다.

춥기도 한 곳인지라 바람을 막아주는 지형인 이곳에 몇몇 사람들이 들어서서 살기 시작했고, 그게 시간이 흐르고 흘러 지금처럼 큰 마을을 형성하게 된 것이다.

무린이 지금 바라보고 있는 쪽.

이쪽에서 바람만 불지 않는다면……,

좋다.

마비독을 살포하는 순간 북원은 지옥을 보게 될 것이다.

단문영이 반은 중독될 것이라 했다. 그렇다면 나머지 반은 멀쩡하다는 소리? 하지만 반만 중독 되도 무린은 쓸어버릴 자신이 있었다.

말한 대로 이곳은 삼면이 언덕이고, 나머지는 강가다.

원래는 이곳도 큰 나무벽이 있어 바람을 막았지만 이미 불타 사라졌다. 배? 당연히 없다. 도망갈 방법이 사라진다.

배수진.

쳐도 소용없을 것이다.

마비독의 존재가 북원의 군세의 사기를 아예 바닥으로 처박을 테니 말이다. 그런 것이다. 독이란 것은.

불안감, 공포를 조성하기 너무나 좋다.

그리고 그 순간 들이닥치는 비천대의 공격은 아마 그들에겐 저승사자보다 무서울 것이다. 전쟁의 가장 큰 승리조건 중 하나가 바로 군의 사기다.

독은 그런 승리조건을 비천대가 챙기기에 아주 결정적인 역할을 해줄 것이다. 하지만 무린은 그래도 안심할 수 없었다.

희생자는 있어서는 안 되니 말이다.

다시 뒤를 돌아보니 도열해 있는 비천대가 보였다. 두 눈가득한 투기가 보였다.

한 달의 시간은 이들에게 선덕제가 하사한 영약을 자신의 것으로 소화하는데 지대한 역할을 했다.

선덕제가 하사한 영약은 금의위들이 복용하는 것.

과연이라고 할까?

비천대의 내력은 이제 모두 일류에 올라섰다. 일류였던 이

들은 내력과 끊임없는 수련의 결과로 절정에 들어섰다.

애초에 비천대의 자질은 전부다 비범했기에 강해지는 것
도 빨랐다. 거기에 강해져야 하는 결정적인 이유조차 존재했
으니 비천대는 한 달 동안 정말… 급격히 성장했다.

일단 두 눈에서 뿜어져 나오는 기백 자체가 달랐다.

아직은 갈무리라는 것을 모르기 때문이지만 그 기백은 북
원의 웬만한 병사들도 눈이 마주치는 즉시 얼어붙을 정도였
다.

비천대는 정예다.

이제는 일당십은 가뿐히 넘는 정예들.

그러니 더 이상의 희생은 절대로 있어서는 안 되는 상황이
었다.

무린은 다시 시선을 돌려 매하구를 바라봤다.

얼마간 봤을까.

정찰을 갔던 비천대원 열 명이 귀환했다.

"생존자, 없습니다."

"……."

이들을 이끌고 갔던 연경이 말하자 무린은 말없이 고개를
끄덕였다. 그래, 그럴 거라 이미 생각하고 있었다.

모조리 죽이지는 않았을 것이다.

저항하는 자는 죽이고, 체념하고 항복하는 백성들은 모

조리 끌고 갔을 것이다. 이미 통화나 림강에서도 그랬으니까.

"휴식한다."

무린은 그 한마디를 전하고 말에서 내렸다.

그러자 비천대 전원이 말에서 내렸다.

알아서 번을 서기 시작했고, 조장들은 역시 무린의 주의로 모였다.

완벽하게 적을 말살하기 위한 회의가 다시금 시작됐다.

*   *   *

서서히 해가 지고, 밤이 오고 있었다.

갈대숲은 추웠다. 습기가 가득했고, 바닥에서는 한기가 사정없이 올라오고 있었다. 그럼에도 무린을 포함한 비천대는 눈 하나 깜빡하지 않고 제자리를 지키고 있었다.

하지만 한 사람, 단문영만큼은 예외였다.

그녀는 상단전을 열었지만 육체적인 수련을 쌓지 않았다. 거기다가 내력 자체도 없었다. 그러다보니 그녀는 땅에서 올라오는 한기를 고스란히 느끼고 있었다.

하지만 상단전의 힘으로 어느 정도 버티고 있기는 했다.

그러나 그것도 슬슬 한계에 달했는지 안색이 점점 파랗게 질려가고 있었다. 그녀는 언제나 무린의 곁에 있었기 때문에 그런 변화를 무린이 가장 먼저 눈치챘다.

"힘든가?"

"네? 아, 아니에요."

불쑥 물은 무린의 질문에 단문영은 잠시 놀라더니, 이내 고개를 저으며 대답했다. 고집이 느껴졌다.

무린이 도와준다고 해도 그 도움을 받을 생각이 없어 보였다.

"손."

"네?"

"손."

무린은 길게 말하지 않았다.

물론 그렇게 해서는 안 되는 상황이기도 했지만 언제나 단문영에게는 확실한 거리감을 보여주고 있었다.

"⋯⋯."

단문영의 눈동자가 어둠 속에서 마음에 안 든다는 빛을 발했다. 그러거나 말거나 무린은 단문영의 손을 낚아챘다.

그리고 천천히 일류의 내력을 주입시키기 시작했다.

일류는 외부에서 들어오는 모든 침투에 저항한다. 그게 날붙이든, 한기나 더위 같은 기운도 침입하지 못하게 하는 게 바로 일류의 공능이었다.

따뜻하지만 시원한, 웬만한 내공 전부가 가지는 특성이고, 삼륜공도 그 범주에서 벗어나지 않았다.

"아……."

손바닥의 혈을 통해서 미세하게 주입되는 일류공의 내력이 단문영의 육체를 지배하고 있던 한기를 서서히 몰아내기 시작했다.

손끝에서부터 시작된 따스함.

단문영은 그걸 느꼈기에 미약한 신음을 흘렸다.

약 반각 정도 흐르자 잡고 있던 손을 뗐고, 무린은 단문영을 바라보며 물었다.

"이제 좀 괜찮나?"

"네. 좋아졌어요."

단문영은 살짝 웃으며 대답했다.

무린은 그 대답에 눈을 다시 감았다.

단문영도 무린에게 다시 말을 걸지는 않았다. 시간이 다시 흘러 완전한 어둠이 세상을 장악했을 때, 강 건너가 드디어 소란스러워지기 시작했다.

번쩍.

가장 먼저 그걸 느끼고 상체를 일으킨 사람은 당연히 무린, 백면, 남궁유청, 그리고 단문영이었다.

"왔네요."

"……."

저 멀리, 무수히 많은 검은 점이 불 타버린 매하구로 들어오는 게 보였다.

시간도 늦고, 바람이 많은 이 지역을 행군했으니 당연히 바람을 막아주는 매하구로 향했을 것이다.

이곳이 사지인지도 모른 채 말이다.

거기다가 마침 바람이 부는데, 그 바람이 무린을 돕고 있었다. 백면이 손을 들어 바람을 느끼며 중얼거렸다.

"이거… 운이 따르는군."

"……."

대답은 하지 않았지만 무린도 고개를 끄덕여 수긍했다.

무린이 서 있는 방향에서 매하구 쪽으로 불고 있었다.

이렇게 되면 매하구 자체에다가 마비독을 살포할 수 있었다.

갈대숲이 천천히 요동쳤다.

무린은 그걸 느끼고 곧바로 손을 들었다.

"그만."

"……."

"……."

무린의 말에 요동치던 것이, 급제동에라도 걸렸는지 덜컥. 하고 멈춰 섰다. 자신의 감정을 충분히 통제할 수 있는 비천대라 나온 상황이었다.

그런 비천대에게 무린은 다시 말했다.

"기다려라. 아직 때가 되지 않았다."

"……."

"……."

무린의 말에 비천대 전체가 서늘하게 눈을 빛냈다. 하지만 그럼에도 기세는 일지 않았다. 딱 눈빛만 변했다.

"정말 멍청하군. 수색이 없다니. 승리에 도취된 자든가. 것도 아니라면 무능하기 짝이 없는 지휘관이라든가."

"그 세 가지 전부 해당된다 하던걸? 킬킬."

제종의 말에 갈충이 낮게 웃으며 대답했다.

이곳은 전선으로 따지면 후방지역이다. 그러니 마음을 놓았고, 적 지휘관은 무능했다. 단지 아므라의 혈족이라는 이유로 이 보급대의 지휘관을 맡았다.

그런데 그런 무능한 지휘관이 이곳 길림성에서 몇 번의 승리를 맛보았다. 세 가지가 전부 맞물려 있었다.

비천대에게는 정말 최고의 조건인 셈이었다.

이것도 기습을 결정하게 만든 이유 중에 하나였다. 사실 지금이라도 적장이 주변탐색을 명령한다면, 무린은 뒤도 보지 않고 비천대를 물릴 것이다.

제대로 된 전략도 없이 이천의 병력에게 비천대를 돌진시키고 싶은 마음은 절대 없었기 때문이다.

안력이 좋은 비천대원 열이 갈대숲의 가장 앞에서 적진을 관찰하고 있었는데, 그중 하나가 무린에게 와 보고했다.

"저녁 준비를 하는 것 같습니다."

"좋다. 좀 더 지켜보도록."

"예."

비천대원이 돌아가고 얼마 지나지 않아 건너편에서 불꽃이 솟아올랐다. 한두 군데가 아닌, 아예 매하구 전체가 환하게 밝아졌다.

비천대원의 말처럼 저녁을 준비하려 불을 집인 것이다. 그걸 보는 무린은 물론, 비천대 전체의 입가에 비틀린 미소가 걸렸다.

"많이 먹어두라고……."

"킬킬, 제삿밥도 못 얻어먹을 테니 말이야. 킬킬킬."

언제나 음침한 갈충의 말이 더욱 더 음침하게 들렸다.

그러나 그거에 뭐라고 하는 사람은 아무도 없었다. 사실 지금 자신들 본인도 갈충과 매우 흡사한 생각들을 했기 때문이다.

만고불변의 진리, 시간은 흐른다.

무린은 손을 들었다.

"관평."

"예."

무린의 부름에 관평이 앞으로 나섰다. 그런 관평을 보고, 다시 이번엔 단문영에게 시선을 줬다.

그러자 단문영이 품에서 예의 그 가죽주머니를 꺼내 관평에게 건넸다.

"여기요. 저쪽 언덕에서 사선으로 비스듬히 하독하세요."

"알겠습니다."

관평은 짧은 대답 후 다시 무린을 바라봤다.

"식사가 끝나는 시각. 지금부터 반시진이다. 포만감에 무방비가 되었을 때… 그때 하독해라. 하기 전에 우리가 움직이는 거 확인하고."

"네."

관평은 가죽주머니를 잘 챙겼다.

아예 물이 들어갈 수 없게 꽉 밀봉되었기 때문에 걱정은 안 됐지만 혹시 몰라 한 번 더 점검을 한 관평은 천천히 수면 아래로 가라앉아갔다.

그리고 이윽고 어둠에 쌓여 사라졌다.

"……."

"……."

비천대는 모두 그렇게 사라진 관평을 쫓았다.

반 시진.

이제… 반 시진.

이 시간이 지나면 제대로 된 복수가 시작된다.

시간은 다시 흘렀다.

부산스럽던 매하구가, 조금씩 진정되는 것을 무린은 느꼈다.

됐구나.

저녁을 모두 마치고, 이제 휴식을 취하기 시작했구나.

무린은 손을 들었다.

그리고 조용히 전진의 수신호를 보였다.

약, 이백.

비천대가 은밀하게 도강을 시작했다.

*   *   *

"아, 배부르다. 걷는 것만 빼면 낙원이구만 그래?"

"흐흐, 그러게? 맛은 없지만 배불리 먹는 게 어디야! 크크."

강가 쪽에서 북원의 군복을 입은 두 병사가 두런두런 얘기를 나누고 있었다. 그런데 이상한 게 이들의 어투는 북원의 말이 아닌, 명나라의 말이었다.

"어디로 간다 했지?"

"이 친구가? 심양으로 간다고 몇 번이나 하지 않았나!"

"맞아. 심양. 킬킬. 근데 거기 요즘 난장판이라고 하지 않았나? 마도의 무인들이 닥치는 대로 사람을 죽인다는데?"

"뭔 상관인가! 그들도 북원과 동맹을 맺었으니 우리는 괜찮을 걸세!"

"흐흐, 그렇겠지?"

시시덕거리면서 대화하는 내용이 마치 나 아니면 다른 사람은 어찌 되던 상관이 없다는 말투였다.

"근데 자네 처자식들은 걱정 안 되나?"

"걱정은 무슨! 나부터 살아야 할 게 아닌가! 처나 애야 다시 만들면 그뿐이지! 킬킬!"

말종이다.

천륜과, 도덕을 완전히 버린 인간 말종.

그리고 그런 말종의 대화를 모조리 듣고 있던 자가 있었다.

당연히 무린이었다.

그런 것도 모르고 투항병 둘은 계속해서 얘기를 나누고 있었다. 그리고 이번 대화가 이 세상에 남길 마지막 유언이었다.

"그보다 좀 춥지 않은가?"

"쌩! 그러게 말일세. 바람이 언덕을 타고 내려오나? 이 지역은 바람이 너무 부는 게 참 짜증난단 말이야."

"으으, 이거… 장난이 아닌 걸?"

병사 하나가, 양팔로 몸을 감싸 안고 덜덜 떨기 시작했다. 그리고 그건 시작에 불과했다. 옆에 있던 인간 말종도 비슷한 시간에 떨기 시작했다.

"으으, 씨불……. 이거 뭔데. 왜 이리 추워… 으으으."

곧이어 턱까지 달달 부딪치기 시작했다.

주변에 있던 다른 북원의 경계병들도 마찬가지로 달달 떨기 시작했다.

"으으, 이놈에 바람이 무슨 칼… 어어……?"

"왜, 왜 친구야… 으으!"

"바, 바람이… 별로 안 부는 것 같은데……?"

"이렇게 추운데 안 불기는 무슨 안… 어?"

의아함.

실제로 지금 현재는 바람이 별로 불고 있지 않았다. 좀 전에는 많이 불었지만, 지금은 아닌 것이다.

지금은 바람이 별로 불고 있지 않았다. 머리카락도 날리지 않을 정도의 훈풍이었던 것이다.

뭐지?

뭐가 어떻게 된 거지?

퍽.

"으으… 어?"

인간 말종의 퍽 소리와 함께 뒤로 넘어갔다. 그와 동시에 그 옆에 있던 투항병이 눈이 의문으로 화등잔 만하게 커졌다.

잠깐 동안 사고가 마비.

뇌가 맹렬히 가열되면서 현 상황을 이해, 기습! 이라고 결정짓고 입을 벌리려고 했다. 그러나 그는 하지 못했다.

퍼걱!

"크륵……."

심장에 틀어박힌 단창 하나 때문이었다.

기우뚱.

무릎을 툭, 꿇고 쓰러지는 그의 눈으로 전방에서 시꺼먼 무엇인가가 빗살처럼 사방으로 날아가는 것이 보였다.

뭐지……?

그 순간에도 저 검은 물체가 무엇일까. 하고 의문이 들었지만 그는 그게 단창이라는 답을 내지 못했다.

이미 혼이 떠나, 저승으로 빨려갔기 때문이다.

하지만 그는 쓸쓸하지 않을 것이다.

주변에 쓰러진 열 몇 구의 시체가 저승길 동무가 되어줄 것이기 때문이다. 이런 상황을 만든 단창. 그 단창의 주인들이 천천히 강기슭에서 올라왔다.

"전원 상마."

히히힝.

선두의 흑마가 주인이 올라타자 낮게 울었다.

검은 묵갑을 걸친 이백의 비천대가 도열하기 시작했다.

"시간이 됐다. 이젠 안 참아도 된다."

"……."

시간?

무슨 시간?

아…….

복수.

가슴에 품었던 그 지독한 복수심을 이제 풀 시간이라는 뜻
이다. 무린의 말에 지독한 한기를 동반한 맹렬한 투기가 비천
대에게서 일어나기 시작됐다. 참지 말라는 말에 꾹꾹 눌러놓
던 모든 것들이 폭발하듯 터져 나왔다.

여기서 매하구까지는 지척, 당장 육안으로도 확인이 가능
했다.

하지만 무능하고 멍청한 적장이니.

이 기세를 과연 느낄 수 있을까?

그러나… 느껴도 상관없다.

"모조리 죽여."

콱!

그 말을 떨어지는 순간 무린의 손이 고삐를 급격하게 챘다. 그러자 말이 놀라 히히힝! 하고 앞발을 번쩍 들었다가, 전방으로 미친 듯이 돌진하기 시작했다.

그런 무린의 오른손엔 예의 철창이, 왼손에는 단창이 잡혀 있었다. 매하구가 가까워지며 점점 시야가 밝아졌다.

그리고 여기저기 몸을 잔뜩 웅크리고 있는 북원의 병사들이 보였다. 그 모습에… 무린의 입가가 서늘한 미소를 베어물었다.

사신의 미소였다.

촤아악……!

무린의 창날이 반원을 그리며 공기를 갈랐다. 그 동작은 입구에 주저앉아 떨고 있던 북원병사의 목을 하늘 높이 쳐 날려버렸다.

푸확!

피가 사방팔방으로 비산했다.

마치 분수처럼 솟구쳐, 지독한 학살전의 시작을 알렸다.

두드드드드!

"기, 기습이다!"

"전원 대열을……! 대열을 정비해라!"

거친 몽골어가 사방에서 들렸다.

그러나 그 명령에 듣고 대답하는 병사들은 정말… 극소수에 불과했다. 갑자기 느껴지기 시작한 지독한 오한이 그 명령 소리를 아예 청각에서 자체 차단하고 있었기 때문이다.

추워.

추워…….

몸을 떨고 있는 북원의 병사들 대부분의 생각이었다. 마비 독은 지나치게 잘 먹혔다. 거침없이 질주하며 목을 쳐 날리는 무린의 시야에 제대로 서 있는 자가 거의 보이지 않았을 정도 였다. 간혹 막사에서 마비독을 피한 북원병사가 뛰쳐나왔지 만 이미 기세가 하늘로 승천해 어두운 밤하늘을 갈라 버린 비 천대의 질주를 막기는 힘들었다.

시작되었다.

퍽!

퍼버벅!

꿰뚫고, 가르고, 터뜨려 버렸다.

일말의 감정도 담기지 않은 무자비한 손속들이 반각도 되 지 않은 시각 안에 백 단위 이상의 희생자를 만들어냈다.

무자비한 기세.

마치 질주하는 야차군단과 같았다.

피를 뒤집어쓰고, 내력의 열기에 그 피를 산화시키며 질주 하는 비천대는 그야말로 악귀, 그 자체였다.

퍽!

"마, 막아라!"

"진형을 가다듬고 아홀님의 막사를 지켜라!"

거기구나.

아홀.

무린이 서신에서 본 무능한 적장의 이름이었다.

잘 걸렸다. 이 씹어 먹어도 시원찮을 개자식아…….

전에 없이 거친, 무린도 인식하지 못한 사이에 욕설이 내뱉어졌고, 무린의 기수가 서서히 그쪽으로 기울었다.

동시에 비천일대의 기수도 그쪽으로 기울었다.

악귀들이, 자신들에게 짓쳐들어오는 모습에 북원의 병사들은 그야말로 혼비백산했다. 마비독에 걸려 병사들은 죄다 바닥에 쓰러져 있지, 그나마 멀쩡한 것들은 비천대의 무시무시함에 이미 질릴 만큼 질려버렸지.

"으아, 막아라! 막아!"

"바, 방패를 들어! 궁병! 궁병은 어디 있나!"

멍청하긴.

기병이 달려들면 궁병과 방패병이 아닌, 창병이나 극병을 찾았어야 했다. 아, 이건 명군의 편제인가?

비릿한 미소와 함께 하던 무린의 입가에서, 어마어마한 기합이 터져 나왔다.

하아아아앗!

천지를 울리는 그 기합과 함께 무린의 창이 세상을 절단 낼 기세로 휘둘러졌다. 그리고 그 창날에 뿌옇고, 영롱하다 싶을 정도로 순수한 기운이 쏘아져 나갔다.

절정.

최소 그 정도의 경지는 되어야 쓴다는 기의 발출이었다.

스악.

예리한 소리와 함께 방패들이 조각이 나고, 그 파편이 사방으로 휘날렸다. 그리고 그 방패병 몇몇의 육신을 가르고 지면에 처박히더니.

푸카카카칵!

그 기운을 사방으로 터뜨려버렸다.

팔, 다리, 어깨, 몸통.

그리고 머리.

무자비한 사신의 기운이 북원의 병사들의 육신을 갈가리 찢고, 자르고, 갈라버렸다. 마치 맹수가 물어뜯은 것처럼 보이는 것도 있었고, 희대의 명검으로 베어버렸는지 그 단면이 예리하기 그지없는 시체도 생겼다.

구멍은 순식간에 생겼다.

그 구멍은 진형의 붕괴를 의미했고, 진형의 붕괴는 곧바로 지옥 길 마차를 탔다는 것을 의미했다.

슈우욱.

무린의 전마가 하늘 높이 날았다.

그리고 사뿐히 착지.

꽈드득!

그러나 그 밑에 있던 북원의 병사들에게는 재앙이 떨어졌
다. 병사 몇이 무린의 전마에 치여 육체가 부두처럼 으깨졌
고, 다시 앞발을 높이 들더니 얼어붙은 듯 꼼짝도 못하고 있
는 병사를 그대로 다시 찍어버렸다.

꽈득!

두드드드!

그 후 다시금 무린의 전마가 질주를 시작했다. 동시에 무린
의 단창이 번쩍, 철창이 번쩍거렸다.

서걱.

푸확!

휘둘러질 때마다 피가 튀었다.

무린의 공격은 부상자를 만들지 않았다.

반드시, 절대적이라고 해도 좋을 정도로 확실한 사망자만
만들어냈다.

푸가각!

뒤이어 일백 비천대가 송곳처럼 파고들었다.

관평의 언월도가, 장팔의 사모창이 흉신의 강림을 불렀다.

무지막지한 파괴력을 머금은 관평의 언월도가 북원병사 목을 추수하기 시작했다. 장팔의 사모창도 마찬가지였다.

언월도보다도 빠르게 번쩍! 하고 빛살을 남기며 뒤이어 목이 떨어졌다. 시간차를 두고 실금이 갈 정도로 엄청난 쾌속의 일격이었다.

태산과 윤복의 대도가 춤을 췄다.

퍽!

퍼벅!

한 면의 날로 쪼개고, 그 넓은 면으로 아예 사지육신을 터뜨려 버렸다.

질주는 계속된다.

무린의 앞을 막았던 진형이 붕괴되는 데는 역시 반각도 걸리지 않았다. 추형진 특유의 가공할 돌파력이 순식간에 몇 백으로 이루어진 북원의 밀집진형을 뚫어버렸다.

완전히 뚫어버린 그 순간 무린의 입에서 거대한 호통이 터졌다.

"압살!"

그러자 비천일대의 움직임에 변화가 생겼다.

진형을 뚫어낸 무린이 급격한 선회를 시작했다. 그에 뒤로 붙는 몇 십의 비천대. 동시에 갈라지며 관평과 장팔이 반대쪽으로 선회했다. 그리고 그 뒤를 쫓아가는 비천대.

북원의 밀집진을 돌파 중이던 중, 후미에 있던 비천대 역시 서로 좌우로 나뉘어 길게 늘어서기 시작했다.

동시에 무린과, 관평, 장팔 역시 꿰뚫어 버린 북원의 병사들을 에워싸기 시작했다.

북원의 군세는 이러한 비천대의 행동에 어떤 발악도 하지 못했다. 너무나 순식간에 벌어진 일이었기 때문이다.

정신을 차려보니, 이미 비천대는 반으로 쪼개버린 북원의 군세를 아예 학살하기 시작했다. 뱅글뱅글 돌면서 숨통을 옥죄기 시작했다.

아니, 옥죄는 정도가 아니라 걸리는 그 순간 목이 날아갔다. 심장이 뚫렸고, 팔다리가 하늘 높이 치솟았다.

피는?

흐르고 흘러, 바닥이 질척거릴 정도였다.

두드드드!

거대한 진동음.

적의 지원?

아니었다.

백면과 남궁유청이 선두에 선 비천이대가 매하구를 가로 지르고 있었다. 무린이 이끄는 비천일대가 이미 적을 제압해 버렸으니, 비천이대의 목표는 딱 하나였다.

바로 매하구 밖에 모여 있는 보급품.

그 전부를 불 싸질러 버리는 것이었다.

퍽!

푸확!

선두의 백면.

무시무시한 패검의 소유자답게 걸리적거리는 그 모든 것을 파괴하면서 질주하고 있었다. 무린처럼 깔끔하지 않았다.

칠흑 같은 검기에 격 당한 북원군은 아예 박살이 났다. 사지육신이 아예 포탄에 맞은 것처럼 터져 나간 것이다.

조각조각 터뜨려 버리는 무시무시함과, 그의 새하얀 가득에 점점이 붙은 붉은 피는 역시… 북원군에게는 악몽의 사도 같았다.

또한 그 옆에서 붉은 갈기를 휘날리는 전마를 타고 질주하는 남궁유청 또한 마찬가지. 힘을 전혀 아끼지 않는지… 거의 장검에서는 연신 검기가 날았다. 대해처럼, 마치 하늘을 덮을 그물처럼 퍼져 나가는 검기는 모여 있는 집단만을 노렸다.

검으로, 방패로 막는다?

걸리는 모든 것을 갈라 버렸다.

쇠붙이를 자르고, 그 뒤에 숨은 육신을 통째로 갈라 버렸다. 남궁유청의 붉은 전마가 하늘을 날고, 집단 하나로 떨어졌다.

꽈드득!

퍼버벅!

그의 손이 좌와 우를 빠르게 왔다 갔다 하며 휘둘러졌다. 그 행동은 그의 손에 쥐어져 있는 장검 때문에 더없이 잔인한 지옥도를 만들어 버렸다.

순식간에 대여섯 개의 수급이 하늘로 날았다.

히익!

그런 남궁유청의 모습에 놀라 물러나는 북원군은 앳됐다. 아직 얼굴에 아이의 순진함이 보였다.

그러나 남궁유청의 검은 하늘로 올라갔다가 사정없이 떨어졌다.

스악.

"……."

직후 남궁유청은 그 어린 북원군을 지나쳐 다시금 자신의 자리로 돌아갔다. 남궁유청이 지나간 자리.

어린 북원군의 정수리부터 붉은 금이 가더니, 반으로… 쪼개져 버렸다. 그 안에 있던 모든 것들이 더없이 잔인하게 매하구의 바닥으로 쏟아졌다.

잔인한가?

근데 어쩔 수 없지 않나.

지금은 전쟁인데.

비천이대가 가로막는 모든 파괴하면서 매하구의 하나밖에 없는 입구로 질주하고 있었다. 가로막는 북원군의 무리가, 입구에 보였다.

기잉.

백면의 눈동자가 짙은 패기를 뿌렸다.

"비천!"

어마어마한 사자후가 천지를 뒤흔들었다.

그 사자후에 비천이대가 저마다 빈손에 단창을 움켜쥐었다. 동시에 촘촘했던 진형이 좀 더 넓어졌다. 투창을 위해 앞 시야를 확보하기 위해서였다. 그 후는 어깨를 당겨, 근육을 팽팽하게 당겼다.

두드드드!

사정권!

"투창……!"

쾅!

화탄이 터졌다 해도 과언이 아닌 백면의 함성에, 비천이대가 일제히 당겨놓았던 시위를 놓았다.

순차적으로 시위를 놓은 단창은, 시간을 두고 떨어지는 무시무시한 벼락이 되었다.

수직이 아닌, 직사로 날아간 단창이 입구에 밀집하고 있던 북원군을 꿰기 시작했다.

퍼버버벅!

선두에 서 있던 아주… 용감했던 북원군의 육체에 단창 열 댓 발이 처박혔다.

"으아! 으아악!"

"방패! 방패 들어! 이 병신 새끼들아!"

그 외침에 서둘러 방패를 들어 전면을 가렸다.

하지만 겨우 그 정도로 막을 수 있을 것 같았나?

일류고수급의 내력을 지닌… 비천대의 투창을?

퍼억!

"칵!"

방패를 뚫고 들어온 단창이 병사의 목구멍 깊숙이 처박혔다.

단발마를 내지른 병사는 아직도 죽지 않은 단창의 힘에 뒤로 쭉 날아가 아군과 부딪치더니, 밀집에 균열을 만들고 바닥에 떨어졌다.

"훙!"

거친 콧김.

제종의 두 눈에 불이 튀었다.

틈이다, 틈.

방패병 하나가 쓰러지니, 저런 큰 틈이 있지 않나.

그의 어깨가 다시 하늘 높이 올라갔다.

손에 들린 건… 도끼.

손에 딱 들어가는, 북원의 전사가 즐겨 차는 손도끼였다. 비릿한 미소와 함께 날아간 도끼는 엄청난 회전과 함께.

퍼걱!

우드득!

무너진 방패병의 뒤에 있던, 멍한 표정의 북원군의 이마에 처박혔다. 그리고 그 힘은 목을 통째로 부숴 버렸다.

직각으로 접혀 뒤통수가 등에 닿은 북원군 하나가 쓰러진다.

이런 상황이다.

당신은 평정을 유지할 수 있겠는가?

"으아! 으아악!"

"도, 도망가……!"

입구를 막고 있던 병사들은… 투창 한 번, 그리고 그 한 번의 공격에 뿔뿔이 흩어지기 시작했다.

하지만 과연 그들이 알고 있을까?

그런 행동이 사신을 더욱 빨리 부르는 지름길이 되었다는 것이.

"산!"

백면의 외침이 다시 터졌다.

순식간에 퍼지는 비천이대.

도망가는 북원군을 걸리는 족족 처단하기 시작했다.

너희들에게는 꿈도, 희망도… 없다는 것을 알리고 있었다.

최대한 목을 치고 비천이대가 다시 입구 쪽으로 모이기 시작했다.

일사분란.

한 달의 전술훈련은 비천대를 더욱 강하게 만들었다.

입구를 통해 비천이대가 빠져나갔다.

그런 비천이대의 눈에 산더미처럼… 쌓인 보급품이 보였다. 매하구에 들어오지 못하니 경계병 조금만 남기고 모두 밖에 놓아둔 것이다.

적장은 참으로 무능하다.

어처구니가 없을 정도로.

보급품을 지키는 병사는 이미… 다들 도망쳤다.

안에서의 참사에 이미 희망을 버린 것이다.

북원의 병사가 전부 용맹무쌍한 건 아니다. 그들도 인간이다. 이렇게 후방에 있다는 것 자체가 이미 평범한 병사라는 뜻이다.

"큭, 큭큭큭!"

이 어이없는 상황에 백면의 입에서 마른 웃음이 나왔다. 바닥에 떨어져 있던 병장기가 말에 치여 날아갔다.

"태워."

후방에서 비천대가 질주하면 뽑아든 불붙은 장작을 들고 보급품이 가득 실린 마차 사이를 누비기 시작했다. 금방, 아주 순식간이었다.

이 많은 보급품에 불길이 붙는 시간으로는……

화르르르.

세상을 집어삼킬 기세로 타들어가는 보급품을 감정 없던 눈으로 보던 백면은 다시 기수를 돌렸다.

이제, 매하구로 다시 들어가 완벽한 정리를 도와야 했다.

물론, 이미 무린이… 전부 끝났겠지만, 혹시 아나.

"남은 게 있을지? 큭큭!"

흥성이라고 한다. 이런 것을.

전장의 흥성.

백면은 물론, 비천대 전체가 내포한 흥성이 지금 이 순간 깨어나 꿈틀거리기 시작했다. 포로? 불필요하다.

거치적거릴 뿐이다.

두드드.

미약한 진동과 함께 시작된 비천이대의 질주는 어느새 가속도가 붙어, 매하구로 들어서고 있었다.

그들의 눈은 사방을 훑었다.

그들의 눈은 이렇게 말하고 있었다.

숨어라.
살고 싶다면.
하지만 나는 찾겠다.
복수를 위해서.

매하구의 기습전은 약 한 시진 만에 끝났고, 그 안에 살아 숨 쉬는 북원군은 단 하나도 없었다.

第九十四章 합류(合流)

귀환병사

해가 지평선에 걸렸을 무렵, 통화와 백산의 중간에 해당하는 강가에 근 이백에 달하는 기병이 멈춰 섰다.

당연히 비천대였다.

그들은 어마어마한 몰골이었다.

그들이 물속에 위에 검은 무복을 벗어 손에 들고, 갑주를 입은 채로 강가로 들어가자 푸르렀던 강물이 순식간에 붉게 물들기 시작했다.

마치 호수에 파문을 그리는 것처럼, 붉은 피가 물로 스며들었다가 유속에 다시 하류로 흘러 내려갔다.

개개인에 따라 피가 옷에 묻은 정도가 달랐지만 대부분이 아예 흠뻑 젖어 있었다. 그리고 그건 무린도 마찬가지였다.

아니, 무린이 이 중에서 제일 심한 사람 중에 하나였다. 아예 젖다 못해… 검은 무복이 원상태로 돌아올 생각을 안했다.

완전히 굳어 버린 것이다.

"……."

그러나 무린은 말없이 무복을 강물에 빨다가 무슨 생각에서인지 슬쩍 손을 놔버렸다. 물살에 쓸려 내려가는 무복.

무린은 그 검은 무복을 가만히 바라봤다.

비천대 전체가 힐끗, 떠내려가는 무복을 보고는 그 의미를 파악했다. 동시에 자신들의 무복도 강물에 풀었다. 검은 무복이 단체로 강물에 떠내려갔다.

추모였던 것이다.

먼저 간 비천대 전체에 대한 추모.

무린은 시야에서 무복이 사라지자 다시 기슭으로 올라왔다. 똘망똘망한 눈으로 자신을 바라보는 전마가 가장 먼저 들어왔다.

피식.

"그래, 너도 씻어야지."

검은 갈기는 물론 전마의 매끈한 몸 전체에도 피가 묻었고,

지금은 굳어 있었다. 무린은 고삐를 쥐고 천천히 전마를 강가로 이끌었다.

대게 말은 물을 무서워한다고 한다.

하지만 그것은 일반 말에 경우고, 이처럼 훈련을 받은 전마들은 물도 그렇게 무서워하지 않는다.

그랬기에 매하구에서 전마들까지 전부 데리고 도강을 했던 것이다.

무린이 끄는 대로 전마는 강가에 몸을 담갔다.

"……."

무린은 말없이 전마의 몸을 씻었다.

히히힝.

좋아서인지, 아니면 물이 싫어서인지 무린의 전마가 거칠게 투레질을 했다. 그러나 그 동작은 무린이 목덜미를 손날로 툭 치자 곧바로 잠잠해졌다.

잠시 후 여기저기서 말이 우는 곡소리가 들렸다.

하지만 전부 마예의 훈련 덕분에 무사히 씻길 수 있었다. 말을 씻기고 나왔을 때는 이미 해가 지고 있었다.

"오늘은 여기서 야영한다."

"네, 대주."

무린의 말에 관평이 답했고, 잠시 후 무린의 명령이 비천대 전체에 퍼졌다. 비천대의 야영은 수도 셀 수 없는 경험 덕분인지 매우 빠르고, 일사분란했다.

금세 막사가 올라가고, 곳곳에 모닥불이 피워지기 시작했다.

몇몇은 저 멀리 보이는 산으로 말을 타고 달려갔고, 다시 근 이십에 달하는 병사가 단단한 나무에 억센 줄을 엮고는 거기에 쇠바늘을 달아 강물에 내던졌다.

잠시 후 여기저기서 웃음소리가 들려왔다.

휴식은 원래 사람의 얼굴에 평화를 가져다주기 마련이다.

물론 지금 비천대의 경우야 의도적인 웃음이었지만 전투후, 무겁기만 하던 분위기가 어느 정도 풀리고 있었다.

"후우, 시원하군."

경계를 서다 맨 마지막에 들어갔던 백면이 나오면서 중얼거렸다. 무린이 힐끔 올려보자 그의 하얀 가면은 붉게 얼룩져 있었다.

아마, 물이 들어 지워지지 않는 것 같았다.

"안 답답하나?"

"후후, 익숙하오."

슈우우.

그의 몸에서 새하얀 증기가 올라왔다.

내력을 돌려 물기를 증발시켜 버린 것이다.

물론, 무린도 좀 전에 행했던 일이고, 비천대 전체가 행했던 일이다.

　일정 이상의 내력만 있으면 이런 식으로 옷을 일순간에 말려버리는 일이 가능했다. 그렇게 옷을 말린 백면이 무린의 앞에 털썩 앉았다.

　백면이 앉자, 아영 준비를 하는 관평과 장팔, 윤복, 태산을 뺀 나머지 조장들이 무린의 앞으로 속속들이 모여 들었다.

　마예, 제종, 갈충, 백면, 그리고 저쪽 아무도 보이지 않는 상류에서 몸을 씻고 온 단문영이 그들이다.

　"혹시 파악 못한 피해는?"

　무린이 물었다.

　이미 물어봤지만 다시 확인하기 위해서였다.

　"우리 조는 없소. 경상 하나만 있는데, 그저 생채기에 불과하오."

　"음, 좋아. 일조도 없다."

　"이번 기습은… 대승이군."

　백면의 입가에 마른 웃음이 피어올랐다.

　동시에 그의 시선이 단문영에게 향했다.

　내력이 없어 몸을 말리지 못해, 아직 물기 가득한 단문영의 색기 있는 모습은 설레일 만도 했지만 그녀를 바라보는 백면의 눈에는 단 한 점의 욕정도 없었다.

"소저 덕분이오. 고맙다고 지금 인사를 드리리다."

"아니에요."

단문영은 백면의 말에 고개를 저었다. 그리고 대답하는 그녀의 표정은 썩 좋은 편은 아니었다.

당연한 일이었다.

그녀 자신이 만든 독으로 인해, 물경 천이 넘는 인명이 죽었다.

그들이 아무리 현세를 어지럽히는 무리라고 해도 인명의 살상은 적어도 그녀 자신의 기준으로는 정당하지 못한 일이다.

하지만 그럼에도 단문영은 이 전쟁을 하루 빨리 끝내고 싶어 무린에게 협조했다.

"처음이오?"

"음… 네, 그래요."

단문영은 자신의 손을 빌어 사람을 직간접적으로 죽인 건 이번이 처음이었다. 무린이 있지만 무린은 예외였다.

죽지 않았을 뿐더러, 이제 그럴 일이 없기 때문이다.

단문영은 무린을 바라봤다.

무린은 그 시선을 가만히 받았다.

그녀는 자신의 생각을 읽을 수 있다. 무린은 그렇게 하지 못한다. 하지만 지금 이 순간 무린은 느낄 수 있었다.

위로… 해달라고 애처롭게 떨고 있는 그녀의 마음을.

하지만 무린은 그렇게 할 수 없었다.

위로해줘야 할 대상이 단문영… 이었기 때문이다.

잠시 숙연해지던 분위기를 뒤집은 건 갈충이었다.

"그럼 계획대로… 소문을 내겠네."

평소의 음충한 웃음은 없었고, 그도 무거운 목소리로 입을 열었다. 그 말에 무린은 바로 고개를 끄덕였다.

소문이란 바로 단문영의 존재였다.

처음 단문영의 동행을 허락할 때 무린이 생각했었던 게 있다. 바로 적의 분란을 이끌어내는 일이다.

이번에 마비독으로 단문영이 개입을 했으니, 그것을 소문을 내어 만독문과 다른 마도육가 사이에 반목을 만들 생각이었다.

먹힐 것이란 보장은 없었다.

그들의 유대가 두텁다면 아마도 실패할 것이다. 하지만 그렇지 않다면 충분히 서로 의심을 심어줄 수 있었다.

물론 만독문은 사천에 있다.

지금도 당가와 일진일퇴를 거듭하며 공방을 주고받고 있었다. 하지만 포달랍궁과 만독문의 연계가 깨지면 상황은 급격히 당가에 유리하게 흘러갈 것이다.

그 정도도 이용 못할 당가가 아니었기 때문이다.

만약에 못했다면, 당가는 오대세가에 끼지 못했을 것이다.

"사천까지 그 소문이 가려면 얼마나 걸리지?"

"꽤나 걸릴 거야. 아마 한두 달은 걸리겠지."

"오래 걸리는군."

"킥, 이 친구야. 그 정도면 빠른 거라네."

제종의 말에 갈충이 피식 웃으며 대답했다.

이곳 길림, 요녕에서 일어난 일을 사천까지 보내는 데 걸리는 시간이다. 그 정도면 결코 긴 시간이 아니었다.

"당가가 그곳에서 승리하면 이쪽 전선으로 합류할까?"

"할 걸?"

"안 오고 피해를 수습하지 않을까?"

"제종 이 친구야. 당가라네. 당문. 킥킥."

"아, 그렇겠군."

갈충의 말에 제종은 고개를 끄덕였다.

다른 곳도 아니고 당가다.

사천 당가는 참으로 유명하다.

어떻게 보면 중원 변두리, 사천에 존재하는데도 그 위명은 전 중원을 떨쳐 울린다. 그 위명의 내용은 바로 당가의 지독함이다.

하인 하나가 죽어도 당가는 처절한 피의 복수를 한다.

중원은 물론 배를 타고 폭풍우 치는 바다를 건너 도망가도 당가는 끝까지 쫓아간다. 즉, 지옥이라도 쫓아간다는 소리다.

반대로 은을 입으면 반드시 갚는다.

이런 것 때문에 당가는 아마 그곳에서 포달랍궁과 만독문을 몰아낸다고 해도 분명히 일부의 정예가 당가를 나서 혈채를 받으러 이곳 요녕의 전선으로 합류할 것이다.

당가는 무섭다.

암기, 독, 그리고 독심.

이 세 가지가 합쳐진 당가는 사실 오대세가 중 가장 상대하기 까다로운 가문이었다. 그런 당가가 전선에 합류하면 백이면 백, 무척이나 큰 도움이 될 것이다.

단문영이 만들어낸 독처럼, 당가의 독도 마도육가에게 아마 치명적인 존재로 작용할 테니까 말이다.

"문제는 두 마가가 반목을 해야 되는데……."

"걱정 마시게. 우리 특기가 정보를 소집, 그리고… 이용하는 것이니. 킬킬."

하오문에 비하면 분명히 부족함이 있다.

이 전쟁 자체가 이렇게 팽팽하게 흘러가는 이유가 하오문 때문이다. 그런 하오문과 갈충이 소속된 황실특수기관과는 분명이 차이가 있었다.

누가 봐도 하오문이 뛰어난 것이다.

하지만 하오문이 너무 뛰어난 것이지, 갈충의 소속된 기관이 부족한 것은 또 아니었다.

"동창과 상인연맹과 연계하면… 그 정도야 식은 죽 먹기지. 킥킥."

갈충의 말대로 동창, 상인연맹 또한 우군이다.

세 정보단체가 작정하면 포달랍궁과 만독문의 사이를 틀어버리는 건 그렇게 큰 힘이 들지도 않을 것이다.

"하지만 그전에 문제가 있는데……."

갈충의 목소리가 낮아지며, 한 곳으로 시선을 돌렸다.

무린의 바로 옆.

단문영이었다.

"……."

"……."

모두의 시선이 단문영에게 모였다.

갈충이 서신을 보내면 지금 이 자리, 모두의 시선을 한 몸에 받고 있는 이 여인은 자신이 태어난 가문에 대역죄를 짓게 된다.

거기다가 이 일은…….

천륜조차 거스르는 일이다.

단문영의 이곳에서 한 일이, 이곳에 있다는 존재 이유가 그녀의 가문 사람들을 사지로 밀어 넣는 게 되기 때문이다.

무린이 그녀를 소개 할 때, 분명이 단문영의 존재를 이용한다고 단언했다. 그렇기 때문에 해도 되지만……

"하세요."

시선을 한 몸에 받고, 단호할 정도로 냉정한 말이 단문영의 입술에서 튀어나왔다. 물론, 지그시 이에 깨물리는 입술은 보호할 방법이 없었다.

"강단 있는 소저구만."

"제게 지금 이 순간 중요한 건… 오직 오 년 뒤의 일이에요."

하늘에 떠 있는 별빛처럼 단문영의 눈동자가 빛났다.

물론 단문영은 지금 힘들어 했다.

하지만 자신의 가진 운명이, 천명을 고스란히 느끼고 있기 때문이다. 그 앞에… 가족 또한 없다는 걸.

아니, 그 일에 가족을 신경 쓰면 안 된다는 것을… 안타깝게도 단문영은 너무 확실하게 느끼고 있었다.

"소저가 느끼고 있는 천명은… 천륜조차 무시하게 만들고 있소?"

"네, 그래요."

백면의 물음에 단문영이 확고한 목소리로 대답했다.

일말의 망설임도 없었기 때문에 더욱 더 단호하게 들렸다.

쯔쯔, 제종과 마예가 혀를 찼다. 자신들은 이해할 수 없었기 때문이다.

물론 이해를 못하는 게 당연한 일이었다.

단문영은 상단을 열어, 여기 있는 사람들과는 궤를 달리하는 무인이었기 때문이다.

"이미 하라고 했으니, 그 얘기는 그만 하지."

"…알겠소."

무린이 대화의 흐름을 끊어버렸다.

킬킬 거리던 갈충이 무린의 말에 웃음을 멈추고 중얼거렸다.

"슬슬 올 때가 됐는데……."

그 말이 떨어지기 무섭게.

끼야앙……!

하는 울음이 들렸다.

희죽.

갈충은 그 말을 듣고 다시 웃었다.

솜털이 곤두서는 울음소리였지만 아무도 그 울음소리에 놀라지 않았다. 이미 수도 없이 들었기 때문이다.

운삼이 보내오는 정보는 사람을 통해서지만, 반대로 갈충은 사람을 통해 정보를 받지 않았다.

갈충은 곧바로 품에서 작은 대롱 같은 것을 꺼내 입에 물고, 힘차게 불었다.

끼이잉……!

마치 쇳소리 같은 소리가 갈대숲에 울렸다.

그러자 잠시 후, 갈대숲을 가로질러 무시무시한 속도로 뭔가가 다가왔다. 그럼에도 모두 움직이지 않았다.

부스럭거리던 소리가 멈췄을 때는 어느새 성인 손바닥 크기의 아주 작은 묘(猫) 한 마리가 모습을 드러냈다.

갈충은 다시 품에서 호리병을 꺼내 마개를 땄다.

그러자 바로 작은 묘는 갈충에게 달려들었다. 그리고 킁킁거리더니, 이내 그의 가랑이 사이에 편히 앉았다.

그런 묘의 다리의 대롱에서 갈충은 서신을 꺼냈다.

이게 바로 갈충에게 정보를 전달해주는 영묘였다.

자신의 기관에서 보내 온 서신을 읽던… 갈충의 얼굴이 참으로 난감한 표정으로 변했다.

웃는 건지, 우는 건지.

애매모호한 미소를 짓고 있던 그가 무린을 바라봤다.

동시에 무린도 그를 바라봤다.

"음?"

"……."

갈충은 아무런 말도 하지 않고, 그 서신을 무린에게 건넸다. 갈충을 난감하게 했던 서신은, 무린의 얼굴을 단박에 굳

혀버렸다.

무슨 말이 적혀 있기에?

이유야 뻔하지 않은가?

서신에는 무혜가 통화에 있다는 적혀 있었다.

그리고 무월, 려까지 전부.

*　　　*　　　*

무혜는 통화에 있었다.

이미 전쟁의 상흔이 너무나 짙게 남아, 아무도 살지 않는 마을이었다. 배에서 내려 조선 땅에 도착한 무혜에게 자신을 황실기관의 사람이라 밝힌 낯선 자가 찾아왔다.

의심이 갔으나, 황제의 인장을 꺼내 보이니 믿을 수밖에 없었다.

그런 그가 한 말은 통화로 가라는 얘기였다.

비천대에게 자신이 직접 정보를 전달할 테니, 그곳에서 비천대와 합류를 하라고 했고, 무혜는 그 말을 장고 끝에 받아들였다.

혹시 함정일 가능성을 배제할 수 없었기 때문에 하루의 시간을 허비하고, 지금 통화에 들어선 무혜는 처참한 마을의 참상에 말문이 막혔다.

"이게 전쟁……."

옆에 서 있던 려가 멍한 눈으로 중얼거렸다.

지독한 전쟁 상흔이 남아 있는 통화의 모습에 일시적으로 사고가 멈춘 것이다. 거기다가 역한… 참으로 후각을 자극하는 냄새가 바람결에 실려왔다.

인상이 절로 찌푸려지는 냄새였다.

오죽하면 제갈명까지 얼굴을 찌푸릴 정도였다.

"언니……."

무월이 혜의 소매를 꼬옥 쥐어 잡았다.

이런 참상, 무혜와 무월은 사실 본 적이 꽤 있다. 아주 예전 해적에게 휩쓸렸던 마을을 본 적이 있었고, 도적에게 불타버린 마을을 본 적도 있었다.

하지만 그건 복건, 절강에서가 마지막이었고, 강소를 넘어 산동에 터를 잡고 나서는 한 번도 없었다.

즉, 옛날에 봤다는 소리다.

"군사님, 아가씨, 안으로 들어가시는 게 좋겠습니다."

제갈명이 무혜에겐 군사라 칭하고, 월과 려에게는 아가씨라 칭하며 말했다. 그의 얼굴은 한천이라는 별호에 걸맞게, 아주 서늘하게 굳어 있었다.

"우욱!"

려가 참지 못하고 그 구역질 나는 냄새에 토악질을 시작했다. 아침에 먹었던 게 별로 없어서인지 위액을 토해내는 려의 등을 무혜가 천천히 두드렸다.

그러면서 주변을 훑는 무혜.

그녀의 눈은 두 사람과는 달랐다.

비교를 하자면… 그래, 옆의 한천검과 비슷했다.

꾸욱.

아랫입술을 깨물며 무혜는 통화의 참상을 두 눈에 담았다.

무혜는 안다. 통화의 참상 직후, 무린이 이곳에서 북원군을 쓸어버린 것을.

그러니 상관없는 땅이 아니었다.

"월아, 려 동생. 마차 안에 들어가 있어."

"어, 언니는……?"

무월이 불안한 눈으로 무혜를 바라봤다.

혜는 표정을 고쳤다.

서늘하기만 하던 얼굴이 희미한 웃음기를 띄었다. 그 후 부드럽게 월의 머리를 쓰다듬고는 말했다.

"언니는 여기 금검대주님과 잠시 할 말이 있어. 그러니 안에 들어가 있어."

"……."

그 말에 월은 고개를 끄덕였다.

사실 월은 이곳에 올 이유가 없다.

하지만 그렇다고 혜가 가는데 월이 제갈세가에 혼자 있을 수도 없다. 그녀 또한 무린이 이 처절한 전장에 있을 이유를 제공했기 때문이다.

무린이 전쟁에 참전하려고 마음먹은 이유는 딱 두 개다.

하나는 비천대. 하나는 바로 무월의 복수.

그래서 혜가 이곳에 간다고 했을 때, 월은 정말 미친 듯이 매달렸다. 대신, 어떠한 말도 따르겠다고 하면서 말이다.

그 때문인지 월은 조용히 마차로 들어간다.

"괜찮아?"

"네, 아… 우욱!"

또다시 허리를 접는 려.

여인으로서 보여서는 안 될 모습이지만 이건 려가 본인의 의지로 수습이 불가능했다. 너무나 역한 냄새, 그리고 참상이 그녀의 속을 완전히 뒤집어 버렸기 때문이다.

잠시 후, 려까지 안으로 들여보낸 무혜가 제갈명에게 말했다.

"안 되겠어요. 저 아이들이 견디지 못하네요. 자리를 옮겨야겠어요."

"그렇게 하겠습니다."

무혜는 일단 대화도, 자리를 옮기고 나서 하는 게 낫겠다고 판단했다. 무혜가 마차에 타자 제갈명이 손을 들었다. 그러자 금검대의 무인이 마차를 능숙하게 돌렸다.

그리고 다시 통화를 빠져나가기 위해 들어온 입구 쪽으로 기수를 돌렸다.

마을을 나오려는 데, 입구 쪽에서 희끄무레한 인형 하나가 달려왔다.

제영일대의 무인이었다.

"전방에서 기병대 접근 중."

"비천대인가?"

"깃발 표식으로 보아 청연군입니다."

"청연군이라……."

하지만 깃발만 보고 믿을 수는 없겠지.

제갈명이 탄 말이 속도를 올렸다.

그리고 최전방에 서더니, 손을 들어 올렸다.

두드드드.

삼십의 금검대가 마차를 철통같이 둘러쌓다. 마차는 어느새 전진을 멈췄고, 제갈명은 입구를 틀어막고 섰다.

저 멀리, 제영일대의 무인이 보고한 것처럼 일단의 기병대가 먼지구름을 만들며 다가오고 있었다.

"깃발은 확실히 청연이라 적혀 있군."

"그러나 혹시 모릅니다. 저지하겠습니다."

"기다려라. 아직 공격의사는 느껴지지 않으니."

제갈명은 경지에 오른 무인답게, 달려오는 기병무리에서 공격의 의사는 아직 보이고 있지 않다는 걸 느꼈다.

모름지기 기세라는 것은 항상 존재하기 마련이다.

공격의사가 있다면 당연히 저 기병대는 투지와 군기에 휩싸여 있어야 정상이었다. 그 생각처럼 기병대가 천천히 질주를 멈췄다.

그러더니 제갈명이 서 있는 입구에서 약 백 보 거리에서 멈춰 섰다.

"……."

"……."

잠시의 대치가 이어졌다.

그리고 잠시 후, 기병대에서 일단의 무리가 말을 탄 채 천천히 나오기 시작했다. 그리고 다시 둘의 중간 지점에서 멈춰 섰다.

"대화를 원하는군."

"속하가 나갔다 오겠습니다."

"아니다. 내가 직접 가지."

그렇게 말하고 제갈명이 움직이자, 마찬가지로 금검대 무인 몇이 제갈명의 후미로 붙었다. 제갈명은 십 보 거리에서 멈춰 섰다.

만약 공격을 하면, 반격을 하기 딱 좋은 거리다.

선두의 사내가 먼저 입을 열었다.

"길림 군부 청연군 소속 위연광이다. 정체를 밝혀라."

길림 군부 청연군이라⋯⋯.

지금 길림 군부가 존재는 하나?

제갈명은 고개를 끄덕였다.

물론, 믿어서 끄덕인 건 아니었다. 다만 조금 확신을 주는
건 말투였다. 깔끔한 명의 말투. 그것도 길림의 억양이 가득
한 말투였다.

의심은 조금 거둔 제갈명이 자신을 소개했다.

"제갈세가 금검대주다."

서늘한 그 소개에 자신을 위연광이라 밝힌 사내가 인상을
찡그렸다.

"제갈세가? 제갈세가가 왜 이곳에 있지? 아니, 그전에 당신
들의 정체를 증명해줄 것은 있나?"

"내가 한천검이다."

위연광의 말에, 제갈명이 싸늘한 목소리로 대답했다. 의심
을 받으니 자연스럽게 제갈명의 목소리가 내리 깔렸다.

"한천검. 패를 보여라."

"그전에, 당신들이 청연군이라는 증거를 보여라."

"우리를⋯ 의심하는군."

위연광의 얼굴도 제갈명만큼은 아니지만 굳어져갔다. 그러나 그건 제갈명에게 아무런 감흥도 주지 못했다.

냉정의 화신이라 칭해도 될 제갈명이기 때문이다.

"의심은 당신이 먼저 했지."

"…입씨름하기 싫다. 증거를 보여라."

"……."

꿈틀.

제갈명의 얼굴이 더욱 굳었다.

자극받은 것이다.

"셋을 셀 동안 증거를 보이지 않으면 공격하겠다."

"……."

제갈명은… 제갈세가 인재다.

당연히 옳고 그럼, 선후, 상황 등을 아주 잘 고려할 줄 아는 무인이었다. 또한 이곳의 상황이라면 저들의 요구가 결코 잘못되지 않다는 것도 알고 있다.

그런데 말이다.

무인에게는 자존심이란 게 있다.

자신의 품에 있는 패를 꺼내 던지면 금방 해결될 일이지만, 무인의 자존심이 그 행동을 막고 있었다.

이것은 모든 무인이 가진… 병이라고 해도 좋았다.

하지만 그런 병조차 무시하게 만들 위인이 있었으니.

당연히 무혜였다.

끼익.

하고 마차 문이 열리는 소리에 제갈명의 고개가 급히 돌아갔다. 왜? 왜 내리지? 하는 의문 때문이었다.

잠시 근처의 금검대와 대화를 주고받더니, 그 무인이 타고 있던 말에 올라 다가왔다.

제갈명은 급히 기수를 돌렸다.

청연군이라 밝히긴 했으나 완전히 믿을 수는 없는 기병대와 조우한 상황이다.

위험하기 그지없는 상황이란 뜻이다.

제갈명이 급히 다가가자 무혜가 조용한 어조로 물었다.

"저들은 누구죠?"

"일단 자신들을 청연군 소속이라 밝혔습니다."

"그런데 왜 분위기가 이런가요."

"서로 믿지 못해서입니다."

"아… 무슨 말인지 알겠습니다."

무혜는 그렇게 대답하고 여전히 앞으로 나아갔다. 제갈명의 얼굴에 처음으로, 다급함이 생겨났다.

"군사님, 위험합니다. 아직 정체를……."

"명군과 싸우러 온 길이 아닙니다."

날카롭게 제갈명의 잘라먹은 무혜였다.

그녀는 이미 상황을 파악한 뒤였다.

이쪽과 저쪽, 서로의 입장 때문이라는 상황 말이다.

"진무혜라고 합니다."

"길림 청연군 소속의 위연광이오. 제갈세가라 들었소. 그걸 증명할 패를 주시오."

위연광은 여전히 같은 말을 고수했다.

그 말에 무혜는 제갈명을 바라봤다.

"……."

그 날카로운 째림에, 제갈명은 얼마 못 버텼다. 품에서 제갈세가의 금검패를 꺼내 든 제갈명이 무혜에게 건네자, 무혜는 그걸 잠시 바라보더니 빙빙 돌렸다가 휙 던졌다.

제대로 날아갔다.

탁.

소리가 나게 그걸 잡은 위연광이 자세히 살펴봤다.

모든 오대세가의 패는 그 고유표식이 있기 마련이다. 이게 다른 누군가의 사칭을 막는다.

혹시 남이 사칭하는 순간, 그 순간 그 가문은 움직이기 때문이다.

즉, 미치지 않았다면 오대세가 정도 되는 가문의 패를 사칭하는 건 나 죽여주소 하는 소리와 마찬가지라는 뜻이었다.

위연광은 금검패를 보고 고개를 끄덕였다.

"확인했소."

그 말을 끝으로 위연광이 다시 패를 던졌다. 그 패는 무혜가 아닌 제갈명에게 날아갔고, 제갈명은 그걸 잡아 다시 품에 넣었다.

"제갈세가가 이곳에 무슨 볼일이 있어서 왔소? 이곳은 보다시피 전쟁이 한창이오. 그러니 험한 꼴 보기 전에 돌아가시오."

"걱정은 감사합니다. 하지만 그럴 수 없습니다. 저는 이곳에서 반드시 만나야 할 사람이 있습니다."

"만나야 할 사람? 누구요. 그게?"

"비천대주이신, 제 오라버니입니다."

"비천대주……?"

순간 위연광의 눈이 커졌다.

당연히 그래야 했다. 위연광은 이미 무린과 한차례 만난 적이 있었다. 그러니 그 말을 듣고 눈이 커지지 않는 게 이상한 일이다.

"아, 죄송하오. 아까 흘려들어서 말인데… 소저의 성함이 뭐라고 했소?"

"진무혜라 합니다."

"……."

위연광은 바로 말에서 내렸다.

그리고 정중히, 아주 정중히… 무혜에게 군례를 올렸다. 그러나 무혜는 침착했다. 이유를 짐작했기 때문이다.

운삼이나 갈충이 보내온 정보에 무린이 했던 일은 고스란히 적혀 있었다. 청연군, 그리고 위연광의 얘기도 아주 짧지만, 언급은 되어 있었다.

그렇기 때문에 놀라지 않은 무혜였다.

군례를 올리고, 위연광이 말에 상마하지도 않은 채 말했다.

"비천대주께 큰 은혜를 입었습니다."

말투도 달라져 있었다.

그러나 무혜는 그것도 신경 쓰지 않았다.

"그랬나요?"

"예, 정말 큰 은혜입니다. 하하."

기분 좋은 웃음이었다.

위연광은 그때를 생각하는지 얼굴에 웃음과, 존경심이 가득했다. 순간 불쑥, 무혜는 그 이야기가 듣고 싶었다.

"당시의 얘기를… 들려줄 수 있을까요?"

"하하, 그러겠습니다. 일단… 자리를 잡는 게 먼저겠습니다."

"그래요. 금검대주님?"

무혜가 제갈명을 불렀다.

그러자 바로 고개를 끄덕이는 제갈명.

손짓 몇 번에 마차와 금검대가 다 같이 움직였다.

위연광도 뒤로 수신호를 보냈다.

그러자 무장을 푼 청연군이 움직였다.

하지만 그것도 잠시, 청연군도 금검대도 전부 그 자리에 우뚝 멈춰야 했다. 이유는 딱 하나였다.

대지.

대지가 울리고 있었다.

미약한 진동이지만 금검대와 청연군이 이걸 놓칠 리가 없었다. 제갈명, 위연광의 시선이 급히 저 멀리, 언덕으로 향했다.

진동의 출처는 저 언덕 너머였다.

그리고 진동이 점점 가까워질수록, 뭐랄까… 비릿하고, 서늘하면서도, 패기가 가득한 기세가 느껴지기 시작했다.

언덕위로 일단의 무리가 보였다.

두드드드드.

그리고 그대로 다시 언덕을 타고 내려왔다.

내려온 그들은 그대로 제갈명과 무혜, 위연광이 서 있는 지점으로 무시무시한 기세로 짓이겨 들기 시작했다.

제갈명은 그 기세에 반사적으로 검을 뽑아 들었다.

아니, 뽑아 들려 했다.

자신의 팔을 살짝 막는 무혜만 아니었으면 말이다.

제갈명이 왜? 라는 의문과 무혜를 바라보자 무혜가 시선을
전방에 고정시킨 채 고개를 저으며 말했다.

"오라버니세요."

"……"

무혜의 말에 잠시 멈칫한 제갈명이 다시 전방으로 시선을
돌렸다.

그랬다.

선두의 깃발에는…….

피처럼 붉은 두 글자가 적혀 있었다.

비천(飛天).

서신을 읽은 무린이 통화에 당도했다.

第九十五章　불가항력(不可抗力)

귀환병사

와락!

서신에 적힌 내용을 다 읽은 무린의 손이 거침없이 구겨졌
다. 그 행동에 잡혀 있던 서신도 같이 구겨졌다.

웬만하면 정보가 적혀 있는 서신은 전부 조장들과 돌려 보
는 무린이다.

굳이 자신이 말하는 것보다 서신을 보여주고 정보를 숙지
하게 하기 때문이다.

그런 것을 생각하면 지금 무린이 얼마나 화가 났는지, 감정
을 조절 못하는지 제대로 보여주고 있었다.

"무슨 일이오?"

백면의 물음에 무린은 부르르 떨리는 자신의 손만 바라보고 있었다. 그 물음에 대답할 겨를이 없던 것이다.

서신에는 별달리 특별한 게 적혀 있지 않았다.

다만, 자신의 동생들과 려가 산동을 벗어나 이곳 전쟁의 참화가 곳곳에서 타오르고 있는 길림성, 그중에서도 이곳에서 얼마 떨어지지 않은 통화로 향하고 있다는 서신이었다.

단언컨대, 무린은 진짜 이렇게 당황해 본 적이 없었다. 동시에 머릿속으로 오만가지 상상이 들었다.

그중 가장 큰 비율을 차지하는 건 역시 '왜?' 이 한 단어였다.

서신은 간단했다.

무혜, 무월, 그리고 려가 제갈세가의 호위를 받아 산동에서 배를 타고 조선에 입성, 그리고 북상하여 길림에 진입했고, 지금 통화로 향하고 있다. 이게 전부였다.

도대체 왜 자신의 동생들과 려가 왔는지에 대해서는 아무것도 적혀 있지 않았다. 그러니 무린은 답답했다.

"……."

콧잔등을 잔뜩 찌푸린 채 생각에 잠겨 있던 무린은 자신을 주시하는 눈동자를 느꼈다. 그 후 후우… 하는 한숨이 자동으로 흘러나왔다.

"내 동생들과 스승님의 손녀 따님인 려 아가씨가 길림성에 들어왔다. 지금 현재 통화로 향하고 있다 하는군."

"……."

"……."

무린의 말에 모두의 눈동자에 의문이 깃들었다.

당연했다. 중원천지는 물론 다른 나라에서도 현재 명나라의 땅인 길림, 요녕은 전쟁이 한창이라는 것을 너무나 잘 알고 있다. 그런 위험한 이곳에 왔다니.

도대체 영문을 모르겠는 것이다.

"왜 왔는지는 적혀 있지 않소?"

"이유는 적혀 있지 않다."

백면의 물음에 무린은 고개를 저으며 대답했다. 말했듯이 서신에는 현재 통화로 오고 있다는 정보가 전부였다.

그 외에 것은 단 하나도 적혀 있지 않았다.

"출발 준비를 할까?"

제종이 물었다.

그러나 무린은 곧바로 고개를 저었다.

"아닙니다. 지금은 전투 후 긴장을 풀어주는 게 먼저입니다. 출발은 예정대로 내일 진시 초에 하는 것으로 하겠습니다."

무린은 제종의 말에 확고하게 대답을 했다.

비천대는 매하구에서 적을 격멸하고, 곧바로 이곳으로 기수를 돌렸다.

적의 혹시 모를 추적을 피하기 위해서였다.

전투에 이어 오랫동안 말을 탔으니 제아무리 비천대라 하더라도 피로가 몸에 쌓여 있다. 하지만 육체적인 피로보다 더욱 신경 써야 하는 게 바로 정신적인 피로였다.

전투시작 전, 복수심과 더불어 투기를 있는 대로 끌어올렸다.

그건 곧 정신력을 소모하기 시작했다는 소리다.

비천대는 살인기계들이 아니다. 아무런 감정도 느끼지 않고 살인을 저지르는 게 아니라는 소리다.

그러니 적의 목을 치며 피워 올린 흉성과, 복수수심이 어우러진 지독한 독심들은 비천대의 정신력을 야금야금 빨아먹었다.

그 후 전투가 끝나서도 쉬지 않았다.

인원 파악과, 보급품을 제대로 끝장냈는지 확인하고 곧바로 매하구를 떴다. 그리고 이곳까지 쉬지 않고 달려온 것이다.

그러니 다음 전투를 위해서라도 휴식은 반드시 취해야 했다.

"괜찮겠나? 여기서 통화까지야 한나절이면 가네. 그 정도 더 움직인다고 해서 비천대가 지칠 녀석들도 아니고."

"혹시 모를 상황을 생각하면 휴식이 먼저입니다."

재차 묻는 제종의 말에 무린은 이번에도 단호했다. 제종은 고개를 절레절레 저었다.

그냥 아는 사람들이 온 것도 아니고, 자신의 친동생들이 온 것이다. 거기다가 사내도 아니고, 가녀린 아녀자가 온 것이다.

걱정이 안 된다면 거짓말이다.

그 증거로 서신을 본 즉시 무린은 흔들렸다. 그리고 지금도 속으로는 오만가지 걱정이 다 들고 있을 것이다.

무린은 가족을 극진하게 생각한다.

그건 어머니를 다시 되모시기 위해 움직이는 것만 봐도 알 수 있다. 상대가 남궁세가 임에도 말이다.

그런 무린인데 무혜와 무월이 자신을 찾아왔는데도 당장 움직이지 않고 있었다.

그건 곧 지금 이 순간은 철저하게 비천대를 생각하겠다는 뜻.

모두가 독하다.

그렇게 생각했다.

무린을 생각해서인지, 갈충이 화제를 돌렸다.

화제의 초점은 당연히 지금 현재의 상황이다.

"이번이 세 번째 기습전. 이제 북원도 우리의 존재를 알아차렸을 거다. 앞으로는 정말 조심히 움직여야 될 거야. 킬킬"

"하지만 길림 쪽에는 북원의 정예가 없다고 들었는데?"

무거운 제종의 답변에 갈충은 고개를 끄덕였다.

맞는 말이다.

길림은 전장 전체를 봐서는 후방이다.

불과 한 달 전만 해도 전장의 중심지였으나 천리안 바타르가 도성인 장춘과 그 옆 성은 길림을 함락하고 요녕성으로 넘어가면서 길림성은 후방이 되어버렸다. 그러니 이곳에 정예가 있을 필요가 없었다.

"요녕에서 코앞이지. 이곳만 해도 이삼 일만 달리면 요녕의 경계를 넘을 수 있고. 그렇다는 건 반대로 북원의 정예가 뒷목을 간질거리는 우리를 잡으러 오는 시간도 얼마 안 걸린다는 뜻. 앞으로의 행동은 극히 조심할 필요가 있다."

대주로 돌아온 무린의 말에, 모두가 고개를 끄덕였다.

북원의 병력은 많다.

또한 오대세가와 산발적으로 치고받는 중인 마도육가도 결코 적은 숫자가 아니었다. 그들은 언제라도 비천대를 잡으러 올 수 있었다.

"무인은 문제가 안 돼. 우리가 경계해야 할 건 북원의 정예다. 숫자에서 부족하니 절대로 함정에 빠져서는 안 돼."

무린은 마도육가의 무인들은 경계하지 않았다.

그들은 상황상 절대로 이곳에 올 수 없기 때문이다. 이미 갈충과 운삼이 보내온 정보에서 정도오가, 마도육가가 얼마나 팽팽하게 맞서고 있는지 잘 알고 있었다.

비인의 시도 때도 없는 지휘관 암살 시도.

그걸 막는 건 온전히 정도오가의 몫이었다.

북원군복을 입고 치열한 전장에 침입해서 승패를 기울이려는 마도육가.

이 또한 막는 건 정도오가의 몫.

강호의 세계에는 강호만의 전쟁이 있다.

속전속결, 그리고 온전히 힘으로만 부딪치는 전쟁이다. 하지만 이미 마도육가가 북원과 손을 잡으면서 그 경계는 무너져 내렸다.

그래서 지금 이 시간, 정도오가와 마도육가는 두 세계의 전쟁터를 오가며 치열한 접전을 벌이고 있었다.

"우리를 잡으려고 괜히 병력을 뺐다간, 정도오가의 한 방에 우르르 무너지겠지. 전선이란 그런 곳이니까."

그렇기 때문에 마도육가의 병력은 이곳, 길림으로 오지 못한다.

무린의 말에 갈충이 보충설명을 했다.

"악마기병도 못 와. 지금 강신단이 호심탐탐 노리고 있거든. 킬킬."

전쟁 놀음은 끝났다고, 소향이 분명히 말했었다. 그 말은 이제 강신단과 악마기병이 서로의 위치만 파악되면 서로 치고받는다는 소리다.

강신단과 악마기병은 각각 명과 북원을 대표하는 무력단체다.

만약 전투가 벌어지면 시작은 팽팽하리라. 그러나 그 팽팽함이 전투의 끝까지 갈 수는 없을 것이다.

조금이라도 무너지는 순간, 도저히 되돌릴 수 없을 정도로 와르르 무너질 것이다. 그럼 안 부딪치면 된다.

악마기병이 후방의 비천대를 잡으러 요녕을 떠난다면?

그 순간부터 강신단이 북원군을 아예 갈가리 찢어버릴 것이다. 단 몇 백기로 그게 가능하냐고?

가능하다.

호왕 주태의 난 때 이미 선보였다.

몇 만만으로 이루어진 군단 속에 있던 호왕의 목을 단 몇 백의 강신단이 쪼개고 들어가 목을 쳐 날려버린 것이다.

상식 이상, 아니 상식을 아예 갈아 엎어버리는 강신단이다.

그렇기에 무적단이라 불리는 것이다.

더욱이 무적단주.

갈충의 말로는 마녀에게 무릎을 꿇었다지만 강신단주 이무량은 여전히 최강이다.

무린이 본 무인 중, 손가락에 꼽을 정도로 강한 무인이 바로 강신단주다.

그런 강신단주와 함께하는 강신단을 견제도 안 하고 풀어두는 건 정말 미친 짓이다. 그건 바타르도 잘 알 것이다.

비천대를 잡자고 요녕의 전선을 강신단에 무방비 상태로 노출시키는 게 얼마나 미친 짓인지 말이다.

그래서 악마기병도 전선 근처에 무조건 있어야 했다.

결국은 비천대가 움직이 참으로 수월하다는 뜻이다.

"하지만 바타르다. 그 천리안 바타르. 더욱이 아므라도 있고. 결코 긴장의 끈을 놓아서는 안 된다."

그럼에도 무린이 경계하는 이유는, 이번 북원의 군을 통솔하는 적장이 천리안 바타르와 용병왕 아므라였기 때문이다.

전장 전체를 두 눈으로 본 듯이 군을 움직이는 천리안 바타르. 그리고 군을 직접 수족처럼 움직여 더없이 무시무시함을 발휘하는 용병왕 아므라.

그러니 언제 어디서 어떠한 함정이 펼쳐져도 전혀 이상할 게 없었다.

이 둘이었기 때문에 무린이 이토록 조심, 또 조심하고 있는 것이다.

"상인연맹과 황실기관의 정보가 공작됐을 경우는?"

"음......"

마예의 나직한 질문에 무린은 침음을 흘렸다.

그건 문제가 된다.

그것도 엄청나게 심각한 문제가 된다.

앞서서 여러 번 말했듯이 하오문의 정보공작 능력은 정말 이 땅에서만큼은 최강이라 부를 만했다.

하오문에 견줄 수 있는 정보단체는 사실 한 군데밖에 없다.

바로 개방.

사람이 사는 곳이라면 어디에나 있는 직업군이 바로 거지 굴, 그리고 뒷골목일 것이다. 그렇기 때문에 두 곳의 정보력 은 막상막하라고 봐도 좋다.

하지만 문제가 있으니, 개방이 현재 반 봉문 상태라는 것이 다.

하오문의 정보공작에 맞설 개방은 적어도 마녀가 등장할 오 년간의 시간 동안은 절대로 움직일 수 없다.

"킬킬. 그건 나도 장담 못 해. 지금 현재 이 땅에서 하오문 의 힘은 거의 무적에 가깝거든. 킬킬킬."

양지(陽地)의 싸움이 있다면, 당연히 음지(陰地)의 싸움도 있다.

비천대가 양지라면, 정보공작을 벌이는 세작들이 벌이는 전투가 음지의 싸움이다. 그리고 그 음직의 전장에서 현재 하오문은 최강이다.

벼르고 별렀기 때문인가?

그들이 작심하면 정보는 차단되거나, 아니면 왜곡된 정보가 흘러 버린다. 그렇게 된다면 아군에게는 치명적인 작용을 할 것이다.

예를 들어, 비천대가 정보를 입수했다.

함정은 없다.

이전 매하구처럼 보급대가 출발했다.

이런 정보를 얻고 비천대는 출전한다. 왜?

함정이 아니라고 했기 때문이다.

그런데 그게 알고 보니 하오문에 의해 가공된 정보라면? 비천대는 그곳에서 살아나오려면 지옥을 거쳐야 할 것이다.

그렇기 때문에 위험, 또 위험한 것이다.

지금 이 순간, 무린은 가장 경계하는 게 바로 그, 하오문이다.

"일단 최선을 다 하긴 할 것이다. 비천대의 존재는 아직은 미미하지만 이미 매하구에서 보급대를 작살냈기 때문에… 얼마 후면 바로 전선에서도 도움이 될 것이거든. 보급이 일순간 끊긴다. 그것만큼 사기를 작살내는 것도 없지. 킬킬킬"

갈충이 비릿하게 웃으며 말했다.

그 말에는 모두들 고개를 끄덕였다.

하지만 곧바로 제종이 찬물을 끼얹었다.

"그렇다면 하오문의 우리의 위치를 파악하고 있지 않을까?"

"……."

"……."

아무도 대답을 못했다.

왜?

하오문이라면… 그럴 가능성이 있었기 때문이다.

무린도 정신이 번쩍 들었다.

"잠시 빠져야겠군."

"그래야겠소. 꼬리는 이미 잡혔을 것이고… 그렇다면 그 꼬리를 잘라내는 수밖에 없소. 한동안은 쥐 죽은 듯이 있어야겠소."

무린의 말에 즉시 백면이 맞받았다.

이미 세 번.

림강에서 몇 백. 무송 근처에서 몇 백의 북원군을 쓸었다. 그리고 어제 매하구에서 천 이상을 기습으로 죽였다. 단 세 번의 기습으로 못해도 이천 가량의 북원군을 죽인 것이다.

이것은 대단한 성과다.

이천이면 독립작전이 가능한 전력이기 때문이다.

그러니 이 정도의 숫자를 잃은…….

"바타르가 이를 갈겠어. 킬킬."

비천대의 존재는 이제 바타르에게 들어갔고, 그러니 하오문에 부탁, 비천대의 위치를 얻을 것이다.

그러니 지금은… 몸을 사려야 할 때다.

"내일 동생들과 합류하고, 서둘러 길림을 뜬다."

"다시 조선으로 갈 생각이오?"

"그래야겠지. 설마 북원군이 조선으로 들어오진 않을 것이다. 조선과 명은 동맹관계고, 북원이 조선 땅을 넘으면 상국인 명이 분명 조선에 압박을 넣어 전쟁에 참전을 시킬 테니까."

"조선은 작지만, 그 병력은 결코 무시할 수 없소. 팽팽한 이 시기에 조선군이 개입하면 북원에게는 당연히 불리하게 돌아갈 것이니 아마 조선 땅을 넘어 쫓아 오진 못할 것이다… 이거요?"

"그래."

결정 났다.

이래서 회의가 중요한 것이다.

가끔 이렇게 중요한 것이 생각나게 하니.

"그럼 그렇게 하는 걸로 하고… 슬슬 저녁 준비가 끝난 것 같은데. 먹고 하지?"

엄지손으로 뒤를 툭툭 가리키며 하는 마예의 말에, 무린은 고개를 끄덕이고 자리에서 일어났다.

그리고 다음 날, 무린은 무혜와 월, 그리고 려와 합류했다.

　*　　　*　　　*

톡톡.

무린의 손가락이 탁자를 조용히 내리치고 있었다. 그 앞에는 무혜와 월, 그리고 려가 앉아 있었다.

현재 이곳은 장백산에서 남쪽, 조선과 경계에 위치한 장백촌이었다. 단 이백 호 정도가 사는 마을이라 작고 초라했다.

하지만 다행히 경계라 그런지 관문도 있었고, 관문이 있다보니 객잔도 있었다.

그런 장백촌에 자리를 잡은 무린.

곧바로 비천대에게 휴식을 명령하고 무혜와 월, 려를 자신의 방으로 불렀다. 세 여인이 자리에 앉았는데도 무린은 말을 꺼내지 않았다.

인사도 없었다.

무린은 혜와 월, 려와 만난 즉시 다시 마차에 태워 이곳까지 쉬지 않고 내달렸다. 그동안 말은 한마디도 꺼내지 않았다.

표정도 마찬가지.

결코 조금의 미소도 깃들어 있지 않았다.

결과적으로 표정, 행동에서 무린이 지금 현재 굉장히 화가 났다는 걸 보여주고 있었다. 일다경이 지났을까.

무린의 손가락이 멈추고, 입이 열렸다.

"혜, 말해라. 왜 왔지?"

전혀, 아주 조금도 가족에게 하는 말이라곤 상상도 할 수 없을 정도로 냉정하고 서늘한 말투였다.

그 말에 월은 물론 려까지 어깨를 움츠렸다.

그러나 역시… 혜는 아니었다.

"손을 거들러 왔습니다."

"……"

그 말에 무린의 눈매가 찢어졌다.

실제로 찢어진 게 아니고, 찢어진 것처럼 보일 정도로 양

끝으로 쭉 올라갔다. 동시에 어이없는 말투로 대답이 흘러나
왔다.

"손을 거들러? 지금 내가 잘못 들은 건가?"

"제대로 들으셨습니다. 저는, 월이와 려 아가씨는 이곳에
오라버니를 도우러 왔습니다."

"어떻게?"

무린은 즉시 되물었다.

"……."

려는 순간 침묵했다.

하지만 그건 대답할 말이 궁해서가 아니었다.

그녀는 예전 문인에게 허락을 맡았을 때처럼, 품에서 서책
하나를 꺼내 탁자위에 올렸다. 그리고 그 끝을 손가락으로 밀
어, 무린에게 건넸다.

"이게 뭐지?"

"읽어 보십시오."

"……."

무린은 대답 대신, 한차례 무혜를 노려보고는 책을 들었
다. 그리고 겉장이 넘어가고, 무린의 눈동자가 그곳에 고정
됐다.

"……."

"……."

무린의 눈동자가 책으로 향하자, 무월과 려는 손을 들어 가슴을 꾹 눌렀다. 상하존대가 가족이라 볼 수 없을 정도로 딱딱했다.

분위기는 숨이 턱 막힐 정도였고, 무린의 말투에는 날카로움이 조금도 숨겨지지 않은 채 살아 있었다.

이런 무린은 처음 보는지라⋯ 적응을 하지 못하고 있는 것이다.

한천검조차 무린의 박력에 밀려 객잔 밖으로 밀려난 상태였다. 제갈세가의 금검대주, 산동제일검, 제갈명이 말이다.

그만큼 지금의 무린은 말로 설명 못할 만큼 엄청났다.

일각, 이각이 되었다.

아득히 쪼여오던 숨통이 순간 트였다.

"무경십서⋯⋯."

"예, 한명운 선생님의 저서입니다."

"한명운⋯⋯."

탄식이었다.

무린의 말은 분명한 탄식이었다.

'나 하나로는⋯ 부족하단 말인가?'

으득!

우드득!

이가 갈리고, 뼈가 으스러져라 주먹이 쥐어지는 무린이었다. 이 두 행동은 모두 무린의 의사를 벗어난 것.

그럼에도 무린은 반사적으로 대처를 했다.

"그래서, 어쩌라는 것이냐."

즉각 냉정함이 되돌아 온 척, 한 것이다.

"⋯⋯."

그런 무린을 바라보는 무혜.

마치 송곳처럼, 꿰뚫는 눈빛이다.

무린은 그런 무혜의 눈동자를 받았다.

"이걸 네가 얻었다. 그게 뜻하는 게 뭔지 나도 안다. 전대 문성, 한명운 선생의 전인. 그래, 잘 알고 있다. 운명이라는 놈도, 천명이라는 더러운 것도 이제는 믿는 나다."

담담히 무린은 무혜를 바라보며 말했다.

지금 이 말의 뜻은?

설마 벌써 수긍한 것인가?

그럴 리가.

"하지만."

"⋯⋯."

반사적으로 무린의 말에 무혜는 여전히 말이 없었다. 그저 처음과 똑같은 눈. 그런 눈으로 무린을 바라볼 뿐이었다.

"이해했다 뿐이지, 인정한 건 아니다."

"……."

무린의 냉정을 넘어 차갑고 단호한 말에, 무혜의 눈동자가 절로 가늘어졌다. 마치, 이유가 뭐냐고 묻고 있는 것 같았다.

그런 무혜에게 무린이 다시 말했다.

"돌아가라."

그 말을 끝으로, 무린은 자리에서 일어났다.

무린은 말이다.

결코, 결단코…….

동생의 손에 피가 묻는 걸을 용납할 수 없었다.

하지만…….

*　　　*　　　*

무혜.

얼굴에서 보이듯, 그녀의 고집은 대단했다.

결코 물러서지 않았다.

돌아갈 생각, 아예 단 한 점도 없는 것 같았다. 그러나 그건 무린도 마찬가지였다. 무린은 의도적으로 무혜를 피하지 않았다.

항상 규칙적으로 움직였다.

무혜가 찾아오면 수련을 멈추고 무혜를 상대했다.

무혜는 남아서 돕겠다.

무린은 안 된다. 돌아가라.

언제나 그렇게 대립하다가… 끝났다.

첫날부터 시작해, 하루, 이틀, 삼 일, 사 일, 일주일이 넘어도 둘의 그 끝없는 대치는 계속됐다. 비천대가 가는 길을 무혜는 쫓아왔다.

비천대의 질주는 엄청나다.

저 거칠고 거친 신강의 척박한 땅에서 말에 대해서는 비천대 내에서도 최고인 마예가 직접 고르고 골라 훈련시킨 전마들이었다.

동에 번쩍, 서에 번쩍할 정도로 무지비한 이동을 보여줬다.

그러나… 그걸 무혜는 쫓아갔다.

금검대가 탄 말도 범상치 않았지만 근본적으로 나는 말의 종자 차이 때문에 비천대를 쫓아갈 수 없었다.

그러나 시야에서 놓쳐도, 무혜는 귀신같이 비천대를 찾아냈다.

말발굽이 낸 흔적. 그리고 무린이 받듯, 무혜도 받는 정보로 무린의 위치를 찾아내는 것이었다.

단 한 번도, 그건 어긋나지 않았다.

전략적 상황을 만들려고 움직이는 비천대였다.

그랬기 때문에 조선 땅으로 들어갈 때도 있었고, 다시 길림성으로 들어서서 움직일 때도 있었다.

그럼에도 무혜는 찾아낸다.

무린이 하려는 일이 무엇인지 알고, 상황을 전략적으로 볼줄 아는 그녀다 보니 무린의 움직임이 그려졌던 것이다.

이건 사실 대단한 일이다.

조용하려 마음먹었던 것.

무혜는 그 부분조차 눈치채고 있었다.

이미 세 번의 기습을 가하면서 정체는 노출됐고, 하오문이라는 정보단체까지 염두에 두니 무린이 당분간 자중하려는 생각마저 파악한 것이다.

심지어 그럼에도 움직이는 이유가 다시금 제대로 기습의 묘를 살리려 하오문의 눈을 어지럽히는 것이라는 것조차.

천리안 바타르?

눈앞의 무혜도 감히 천리안 정도의 능력을 보여주고 있었다.

제갈명은 감탄했다.

'대단하군……'

앞날을 그리듯이, 무린의 행동을 완벽하게 예측하고 있었다. 특히, 동선을 읽는다는 것은 무지막지하게 어려운 일임에도 무혜는 그걸 해내고 있었다.

'정보도 없는 상태에서 그 사람의 행동이유와 성격, 그리고 전장의 상황으로 위치를 추적한다. 그렇다면 적은? 당연히 가능하다.'

무섭군…….

탄식하듯 중얼거린 제갈명이 좀 떨어진 곳에서 서 있는 이두마차를 바라봤다. 정확히는 그 안에 타고 있을 혜를 바라보고 있었다.

'지금도 비천객의 위치를 가늠하고 있겠지.'

식사, 그리고 신진대사의 해소를 위해서가 아니라면 무혜는 절대 밖으로 나오지 않았다. 무수히 많은 상황을 생각하고, 오차범위를 줄이는 일에 몰두하고 있었다.

'비천객의 마음은 이해가 간다. 나라도 절대 동의하지 못한다. 무조건 돌려보내겠지. 하지만 군사님은… 돌아갈 생각이 단 일 푼도 없다.'

제갈명이 고개가 절레절레 저어졌다.

천하의 한천검이, 고개를 저은 것이다.

'이건 시위다. 군사님의 능력을 비천객이 느끼게 하기 위한.'

그래서 이리도 악착같이 쫓아가는 것이다.

자신의 능력을 보이고, 인정받으려는 것이다.

'하지만 비천객도… 대단하군. 전선의 후미를 도는 거야 혹시 모를 경우를 대비하는 것이겠지만. 이렇게도 독하게 나오다니.'

한천검답지 않게 생각이 좀 풀려 있었다.

아니, 그럴 수밖에 없었다.

두 남매의 이 전쟁 아닌 전쟁을 보고 있자니 자연히 그렇게 된 것이다.

그때 마차 문이 열렸다.

"금검대주님."

"네, 군사님."

"지금 출발해 주세요. 목적지는 용정입니다."

"네."

제갈명은 가타부타 반문 없이, 바로 고개를 끄덕이며 수긍했다. 물론 목적지를 듣고 속으로 생각했다.

'비천대가 기수를 돌렸군.'

길림의 동남쪽 끝, 완전히 끝에 있는 혼춘으로 가던 길이었다. 그런데 다시 반대로 돌아 용정으로 가겠단다.

'의심의 여지는 없다.'

그녀의 말대로 가면, 계속해서 비천대가 이동한 흔적이 보였으니까.

그게 그녀의 능력을 말해주는 것이다.

군사가 가장 갖고 있어야 하는 능력이 바로 전장을 한눈에 파악해야 하는 것이다. 무혜는 지금 비천대 한정이지만 그걸 제대로 보여주고 있었다.

그래서 제갈명은 이미 의문을 오래전에 접었다.

따른다.

전대 문성, 한명운 선생의 숨겨진 전인인 무혜를.

"출발. 용정으로 간다."

"네!"

이틀 후 용정에 도착했을 때.

아니나 다를까, 막 출발 전이던 비천대와 다시 조우할 수 있었다.

*　　　*　　　*

무혜와 무린은 다시 객잔으로 들어갔다.

"대단하군. 어떻게 쫓아왔지?"

그런 둘을 보고 제종이 혀를 차며 말했다.

그 말은 비천대 조장들의 공통적인 생각이었다.

"뭔가 있는 여인이야. 암 그렇지. 그래야 이렇게 징하게도 쫓아오지! 킬킬!"

"네가 정보 흘린 거 아냐?"

"대주께 직접 한소리 들었네. 절대 주지 말라고!"

"그래서 안 줬어?"

"그럼! 내가 받는 정보도 전부 현 상황에 대한 것밖에 없었다고. 그리고 내가 정보를 보냈다 해도 대주는 계속 출발 직전에야 목적지를 말했지. 그러면 시간차가 나니 조금만 길이 옆으로 세도 이미 우리랑은 전혀 다른 곳으로 갔을 게야. 킬킬, 근데 이렇게 찾아왔네?"

"그렇군. 그럼 대체 어떻게 찾아온 거지?"

제종이 정말 의문스럽다는 듯이 말했다.

갈충은 웃었다.

이곳에서 가장 정보를 쥐고 있는 자. 그래서 그에게 이목이 집중됐다. 그러나 갈충은 어깨를 으쓱했다.

"낸들 아나?"

희죽.

그 행동과 웃음에 김이 팍 샜는지, 비천대 조장들의 얼굴에는 실망의 그림자가 급습했다. 갈충이 뭔가를 숨기는 성격이 아니라는 걸 잘 알고 있는 탓에, 그도 정말 모른다는 걸 깨달은 것이다.

그러나 비천대 조장들은 전부 다 생각했다.

무혜.

보통내기가 아니고, 뭔가 자신들이 모르는 것을 가지고 있다고. 그게 아니라면 이 상황 자체가 말이 되질 않았기 때문이다.

그래서일까?

그들의 얼굴에는 전부다 짙은 호기심이 깔려 있었다. 그래서 이층의 계단으로 산발적인 시선이 꽂혔다.

이층에 있는 무린과 그 동생, 무혜 때문이었다.

킬킬.

객잔 일층에는 그런 비천조장들이 우스운지 예의 능글맞은 갈충의 웃음소리만 울려 퍼졌다.

*   *   *

시작은 역시나 서로 침묵의 대치였다.

"……."

"……."

예전과는 다르게 월과 려는 아예 빼고 둘이 독대를 하기 시작했다. 이번에는 무혜가 먼저 침묵을 깼다.

"이 정도면 제 능력을 충분히 보여드렸습니다."

"……."

그리고 그 침묵을 깨는 무혜의 말에 무린은 답하지 못했다.

맞다. 인정하는 무린이었다. 무린은 무혜를 떨쳐놓기 위해, 산발적인 움직임을 보였다.

쫓아올 수 없는 기동력을 보였고, 조선과 길림을 왔다 갔다 하며 교란을 했다. 일부러 후방에서 적이 없는 곳으로만 골라 다녔다.

독심을 품었지만 무혜가 걱정이 되었기 때문이다.

물론 그래도 위험하다.

하지만 차라리 이게 무혜가 아예 비천대에 합류하는 것보다는 덜 위험하다. 비천대는 사선을 걷는다.

각도를 뜻하는 사선이 아니라, 죽을 길을 걷는다는 소리다. 그런 대지를 질주하는 비천대 군사의 자리에 무혜가 앉는 다는 것은, 그녀 또한 사선을 걷게 된다는 것을 의미했다.

그래서 독하게 마음먹고 떨쳐내려 했다.

그런데… 무혜는 쫓아왔다.

갈충에게도 비천대 위치는 통제해달라고 했음에도, 쫓아왔다. 설마 갈충이 흘린 걸까? 아닐 것이다.

갈충은 그런 자가 아니었다.

그렇다는 것은 이렇게 찾아온 건 무혜 스스로의 힘이라는 뜻이다.

대단하다.

운?

그럴 리가 없다.

만약 한명운 선생의 저서를 보지 못했다면 운이라고 치부했을 것이다. 그러나 전쟁에 대한 모든 것을 총망라한 무경십서를 익힌 무혜다.

그러니 이곳에서의 조우는 결코 운이 아니었다.

순전히… 모든 것을 내다봐야 하는 군사의 능력이라고 봐야 했다.

'애초에… 재능이 없었다면 한명운 선생이 자신의 저서를 넘기지도 않았겠지.'

그래, 맞는 말이다.

무린도 재능이 있다.

지독한 노력과 위기의 순간에도 포기하지 않는 불굴의 정신이다. 그리고 목표를 향해 악착같이 나아가는 집착성 고집도 있다.

무에 대한 재능.

그것이야 남궁가 직계의 혈통. 이 조건으로 이미 가지고 태어났다.

그런 무린은 재능이 있어… 한명운 선생에게 선택받았다.

전장으로 소향이 왔고, 그곳에서 독심과 더불어 꾸준한 육체의 성장을 이뤘다. 그리고 지금, 천명을 타고 힘을 손에 넣은 무린이다.

그런 무린인데, 어머니를 완전히 빼다 박은 무혜의 재능은?

그저 냉정한 게 전부일까?

'빌어먹을……'

아니다.

무혜에게도 재능이 있었다.

'애초에… 나 혼자를 보러 온 게 아니었던가. 나와… 무혜를 동시에 보러왔던 건가. 그런가? 전대의 문성이여?'

이미 타계한 문성에게까지 묻는 무린이었다.

지금 이 순간, 무린은 지독하게 답답했다.

스멀스멀, 불안한 무엇인가가 가슴속을 매우고 있었기 때문이다. 그것도 굉장한 힘으로. 그래, 불가항력의 힘으로 무린을 찍어 누르고, 장악하고 있었다.

"이유가 무엇이냐. 지금까지 조용히 지내다 이제야 이곳에 온 이유 말이다."

무린은 그전에 물었다.

무혜가 한명운 선생의 전인이라는 것은 그 서책을 보고 나서야 처음 알았다.

사실 그것만 보고 믿기에는 무리가 있지만, 반대로 그걸 내보인 게 무혜이기 때문에 믿음이 갔다. 무린이 아는 무혜는 절대, 결단코 허튼 소리를 안 하기 때문이다.

그리고 지금 이 순간에 이곳에 왔다.

전쟁이 한창인 순간에.

무언가 변화가 있었다는 소리다.

무린의 질문에 무혜의 입이 열렸다.

"때가 되었기 때문입니다."

"때가 되었다? 누가 그랬지?"

"어머니이십니다."

"……."

누구라고?

순간 예상치 못한 단어의 등장으로 무린의 눈동자가 급격히 커졌다. 동공이 급격히 수축하면서 무린의 입이 급히 열렸다.

"만났느냐?"

큰 목소리였다.

밖에서도 다 들릴 정도로.

그러나 무혜는 그 목소리에도 놀라지 않았고, 오히려 더욱 차분해진 행동, 어조로 입을 열어 대답했다.

"서신으로 받았습니다."

"서신… 후우, 그래. 뭐라 적혀 있었지?"

"……."

무혜는 대답 대신, 이번에도 품에서 서신을 빼서 무린에게 건넸다. 그걸 조용히 펼쳐보는 무린.

　서신은 간단했다.

　때가 왔구나.

　무린의 곁으로 가거라.

　서신은 간단했다.

　단 두 줄이 전부인 너무나 간단한 서신.

　그러나 무린은 한눈에, 이 서신의 필체가 어머니 호연화 임을 알아차렸다.

　무린이 필체 전문가도 아니고, 수없이 많은 필체를 본 것도 아니지만 너무나 단박에 알아차렸다.

　"때가 왔구나. 후우… 한명운 선생이 어머니를 찾아오셨을 때 너도 만났구나."

　"예."

　"그랬군. 역시… 어머니는 알고 계셨어."

　그래서 이다지도 혹독하게… 컸어.

　자신은 물론, 동생 혜까지.

　예전에는 알고 계셨을 것이다. 유추를 했었다. 하지만 이제는 확실해졌다. 어머니는 알고 계셨다.

그건 대단히 비정한 일이다.

자신을 방어할 아무런 수단도 모른 채, 북방으로 끌려가던 자신을… '방치' 하신 것이다. 일반적인 독심으로는 절대로 할 수 없는 일이다.

모정, 세상에서 가장 강한 힘 중에 하나가 반드시 작용할 일이었는데 말이다.

만약 원래라면, 무린에게 죄를 뒤집어씌운 그 집안은 어머니 혼자서 아예 박살을 내셨을 것이다.

제아무리… 어머니가 당시 아프셨다고 해도, 독에 당해 큰 지병을 앓고 계셨다 하더라도, 남궁가 직계의 실력은 어딜 가지 않는다.

굳이 내력을 많이 쓰지 않더라도, 겨우 시골에서나 힘이 있는 집안 따위, 아예 주춧돌까지 뽑아버리셨을 것이다.

하지만 그걸 감내하셨다.

이유야 당연히 한명운 선생과의 만남 때문이다.

그게 가능은 한가?

무린은 고개를 저었다.

이제는 그런 것 따위, 따져서는 안 된다.

그럼 애초에, 그. 일 말고 마녀 존재 자체가 가능한가라고 따져봐야 할 것이다.

이미 상식은 무너진 상태였다.

"그렇다고 해도 나는 인정 못한다. 이곳은 안 돼."

"……."

하지만 그래도.

무린은 인정할 수 없었다.

아니, 인정하기 싫었다.

인정하는 순간 동생의 머릿속에서는 이제부터 갖가지 계략이 나올 것이다.

그 모든 것은 아군의 피해를 줄이고, 적군을 말살시키는 계략일 것이다.

손은 비천대가 쓴다.

그러니 피도 비천대가 뒤집어쓴다.

하지만 정말 비천대만 뒤집어쓰는 걸까?

적을 압살할 계략을 짜는 무혜는 아무런 책임도 없고?

아니다.

직, 간접적이란 얘기가 있다.

무혜는 둘 다에 해당할 것이다.

"제게도 이유는 있습니다."

"이유가 있다고?"

그래서 무린이 인정을 안 하려 했지만…… 뒤이어 나오는 말은 다시금 무린을 흔들었다.

"예."

"뭐지?"

"비천대의 소집… 제가 했습니다."

"……."

무린은 순간 잘못 들었나 싶었다.

비천대를 누가 소집해?

무혜가?

어떻게?

급속도로 무린이 반응했다.

"아니다. 관평, 장팔 두 녀석이 인명부를 발동시킨 것이다."

무혜에게는 인명부가 없다.

그러니 하고 싶어도 할 수가 없어야 정상인 것이다.

무혜는 고개를 끄덕였다.

수긍?

"맞습니다. 하지만 두 분은 고민 중이셨습니다. 그래서 제가 그 얘기를 몰래 듣고 해달라고 했습니다. 오라버니의 복수를 부탁하려고요."

"……."

아니었다.

그리고 저 말이 사실이라면…….

좀 전에 직, 간접적인 책임을 얘기했었다.

애기를 종합해 보면 자신이 창천대검에게 당해 사경을 해맬 때, 관평과 장팔이 인명부를 발동하려고 했다.

하지만 망설였다.

그런데 그걸 무혜가 나서… 해달라고 청했다.

인명부는 발동했고, 비천대가… 모였다.

"……."

인정하기 싫다.

인정해서는 안 된다.

그러나 이미 무린은 불가항력을 느끼고 있었다.

무혜.

그녀는 비천대의 피를 받아낼… 책임이 있었다.

억울하게 차가운 대지에 죽어간 그들의 복수를 해줄… 의무가 있었다.

왜?

그녀가… 불렀으니까.

무린은 이제야 깨달았다.

무혜의 합류는…….

불가항력(不可抗力)이라는 것을.

이미, 예전부터 정해진 것이다.

마치 무린 자신이 지고 있는 천명(天命)처럼.

그렇게 이 참혹한 전쟁의 승패를 좌지우지할 마지막 조각
이 맞춰졌다.

『귀환병사』11권에 계속…

이제부터 전자책은

이젠북

www.ezenbook.co.kr

새로운 세계가 열린다!

한백림 『천잠비룡포』	천중화 『그레이트 원』
좌백 『천마군림』	송진용 『몽검마도』
현대백수 『간웅』	김석진 『더블』
김정률 『아나크레온』	백연 『생사결—영정호우』
임준후 『켈베로스』	예가음 『신병이기』
진산 『화분, 용의 나라』	남운 『개방학사』

이름만 들어도 황홀할 정도의 별들의 향연!

이들의 "유료연재"가 시작됩니다!

검색창에 **이젠북** 을 쳐보세요! ▼ 🔍

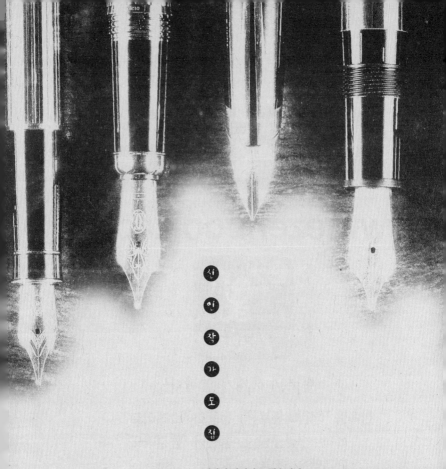

신
인
작
가
모
집

시작이 반이라고 했습니다.
작가의 길에 대한 보이지 않는 벽을 과감히 깨뜨리십시오!
청어람은 작가 지망생 여러분들의
멋진 방향타가 되어드리겠습니다.

저희 도서출판 청어람에서는
소설 신인 작가분들을 모집합니다.
판타지와 무협을 사랑하시는 분들의 많은 참여를 바랍니다.
소정의 원고(A4용지 150매)를 메일이나 우편으로 보내주시면
검토 후 출판 여부를 알려드리겠습니다.

주소:경기도 부천시 원미구 심곡2동 163-2 서경B/D 2F 우편번호 420-822
TEL:032-656-4452 · FAX:032-656-4453
http://www.chungeoram.com
e-mail:chungeoram@chungeoram.com

김현석 현대 판타지 소설

전능의 팔찌

전능의 팔찌

THE OMNIPOTENT
BRACELET

전능의 팔찌 ②①

THE OMNIPOTENT
BRACELET

「신화창조」의 작가 김현석이 그려내는
새로운 판타지 세상이 현대에 도래한다!

삼류대학 수학과 출신, 김현수
낙하산을 타고 국내 굴지의 대기업 천지건설(주)에 입사하다!

상사의 등쌀에 못 견뎌 떠난 산행에서, 대마법사 멀린과의 인연이 이어지고......

어떻게 잡은 직장인데 그만둘 수 있으랴!!

전능의 팔찌가 현수를 승승장구의 길로 이끈다!

통쾌함과 즐거움을 버무린 색다른 재미!
지.구.유.일.의 마법사 김현수의 성공신화 창조기!

Book Publishing CHUNGEORAM

유행이 아닌 자유추구 –
WWW.chungeoram.com

Book Publishing CHUNGEORAM

이경영 판타지 장편 소설

이제는 그 전설조차 희미해진 옛 신계, 아스가르드.
그 멸망한 신계의 전사가 새로운 사명을 품고 다시금 인간들의 곁으로 내려온다.

렘런트라는 이름의 적들, 되살아나는 과거,
그리고 가치관의 차이.
그 모든 것들과 맞서 싸우려는 그녀 앞에 신은 단 한사람의 전우를 내려준다.

그는 붉은 장발의, R의 이름을 가진 남자였다!

초대작 「가즈 나이트」의 부활!
신의 전사들의 새로운 싸움이 지금 시작된다!

Book Publishing CHUNGEORAM

유행이 아닌 자유추구 -
WWW. chungeoram.com

FUSION FANTASTIC STORY

마스터 K

김광수 현대 판타지 장편 소설

**세상천지에 의지할 곳 하나 없는 천재 소년 강민,
그의 치열한 생존 투쟁기.**

설악산 사기꾼 양도사에게 낚인 3년의 세월.
비를 눈물 삼아 밥 말아 먹었던 순수했던(?) 영혼 강민이
강남 한복판으로 나왔다.
그가 펼쳐내는 한 편의 대장편 드라마.
럭셔리 마이 라이프를 위해 대한민국
최고 명문 고등학교에 입학하게 되는데…….

**"돈! 명예! 사랑 다 내거야! 옵션으로 가늘고 길게 살다 가겠어!
내 앞을 막아서는 모든 걸 부숴 버릴 거야!"
이글이글 타오르는 강민의 눈빛.**

행복과 고통이 교차하는 정해지지 않은 고난의 행군.
그 미래 속에서 소년 강민의 거침없는 발걸음이 당당하게 세상을 향해 전진한다.
절대자의 이름, 마스터 K라 불리며…….

Book Publishing CHUNGEORAM

유행이 아닌 자유추구 -
WWW.chungeoram.com

FANTASTIC ORIENTAL HEROES

용훈 新무협 판타지 소설

무림공적, 천살마군 염세악!
검신 한호에게 잡혀 화산에 갇힌 지 백 년.

와신상담… 절치부심… 복수무한…

세월은 이 모든 것을 잊게 하고
세상마저 그를 잊게 만들었다.
하지만.

"허면 어르신 함자가 어찌 되시는지……."
우연한 만남, 자신도 모르게 튀어나온 원수의 이름.
"그게… 한, 한호일세."

허무함의 끝에서 예기치 않게 꼬인 행로.
화산파 안[in]의 절세마인, 염세악의 선택!

Book Publishing CHUNGEORAM

불행이 아닌 자유추구~
WWW.chungeoram.com

백미가 新무협 판타지 소설

FANTASTIC ORIENTAL HEROES

천선지가

불의의 사고로 죽은 청년 이강
그를 기다린 것은 무림이었다!

어느 날
그에게 찾아온 운명,
천선지사.

각인 능력과 이 시대엔 알지 못한 지식으로
전생에서 이루지 못한 의원의 꿈을 이루다!

『천선지가』

하늘에 닿은 그의 행보가 시작된다!

Book Publishing CHUNGEORAM

무협이 마냥 자유추구
WWW.chungeoram.com

FUSION FANTASTIC STORY

월문선 장편 소설

화려한 귀환

머나먼 이계의 끝에서
다시 돌아온 남자의 귀환기!

『화려한 귀환』

장점이라고는 없던 열등생으로 태어나,
학교에서 당하는 괴롭힘을 버티지 못하고
자살이라는 극단적인 선택을 하게 된 남자, 현성.

"돌아왔다…… 원래의 세계로!"

이계에서 죽음을 맞이하게 된 현성은
자신을 죽음으로 내몰았던 현실 세계로 돌아오게 된다!

고된 아픔들, 그리웠던 기억들.
모든 것을 되살리며 이제 다시 태어나리라!

좌절을 딛고 일어나 다시 돌아온
한 남자의 화려한 이야기!
이보다 더 화려한 귀환은 없다!

Book Publishing CHUNGEORAM

유행이 아닌 자유추구 -
WWW.chungeoram.com

FUSION FANTASTIC STORY
건(建) 장편 소설

컨트롤러
Controller

세상에게 당한 슬픔,
약자를 위해 정의가 되리라!

『컨트롤러』

부모님의 억울한 죽음.
더러운 세상에 희롱당해
무참히 희생당한 고통에 분노한다!

"독하게… 살아가리라!"

우연한 기회를 통해 받은 다른 차원의 힘.
억울함에 사무친 현성의 새로운 무기가 된다.

냉정한 이 세상을 한탄하며,
힘조차 없는 약자를 대변하고자
내가 새로운 정의로 나서겠다!

Book Publishing CHUNGEORAM

유행이 아닌 자유추구 -
WWW.chungeoram.com

FANTASY FRONTIER SPIRIT

이휘 판타지 장편 소설

IAN REYNOR

이안
레이너

끊어진 가문의 전성기.
무너진 영광을 다시 일으킨다!

『이안 레이너』

백인대장으로 발령받은 기사, 이안
부하의 배신으로 인해
낯선 땅에 침범하게 된다.

"살고 싶다… 반드시 산다!"

몬스터들이 우글거리는 척박한 환경에서
새로운 힘을 접하게 된다.

명맥이 끊겼던 가문의 영광!
다시 한 번 그 힘을 이어받아,
과거의 명예를 되찾으리라!

Book Publishing CHUNGEORAM

유행이 아닌 자유추구 -
WWW.chungeoram.com